花开花落的思念

刘艺吉 著

新疆生产建设兵团出版社

图书在版编目(CIP)数据

花开花落的思念 / 刘艺吉著. —— 五家渠：新疆生产建设兵团出版社，2021.11（2024.4重印）
ISBN 978-7-5574-1695-9

Ⅰ. ①花… Ⅱ. ①刘… Ⅲ. ①散文集－中国－当代 ②诗集－中国－当代 Ⅳ. ①I217.2

中国版本图书馆 CIP 数据核字（2021）第 238707 号

花开花落的思念

出版发行	新疆生产建设兵团出版社
地　　址	新疆五家渠市迎宾路 619 号
邮　　编	831300
电　　话	0994-5677185
发　　行	0994-5677116
传　　真	0994-5677519
印　　刷	永清县晔盛亚胶印有限公司
开　　本	880mm×1230mm　1/32
印　　张	5.75
字　　数	130 千字
版　　次	2021 年 11 月第 1 版
印　　次	2024 年 4 月第 2 次印刷
书　　号	ISBN 978-7-5574-1695-9
定　　价	48.00 元

人生如梦,人生如戏,皆因梦和戏剧都来自五彩斑斓的人生。

目 录

一、偶遇 ·· 1

二、成长 ·· 29

三、波澜 ·· 77

四、告别 ·· 135

诗集 ·· 143

一　偶　遇

一 偶遇

　　这部作品是我的回忆录,回忆录的开始,是一个在虚拟空间里发生的真实故事。这个故事对读者朋友们来讲可能有些许的离奇,但回忆录必须有高度的真实性,所以这个故事的真实性高达百分之九十五,百分之五用来修饰故事的连续性和文学性。我给本作品的女主角起名叫小花,人如其名,一个像花一样美丽的女子。

　　这个故事开始于二零零八年,这一年我三十六岁,居住在山东省淄博市张店区。

　　二零零八年奥运会结束后,我也终于完成了长篇历史小说《中华小城》。因为《中华小城》里的故事几乎都是以真实的历史故事为原型,而且有些历史故事没有正史记载,所以《中华小城》虽然篇幅不长,却写了很长时间,断断续续地写了将近十年。因此,《中华小城》完成了,我也感觉是卸下了一副重担,身心也放松了。完成了作品就想把它变成书,但我对书籍的出版是完全陌生的。怎么办呢?看到网络上有《起点》文学网这样专门刊登小说的网站,不如尝试一下网络发表吧。可当时我还不会打字,按键盘只会用一个指头,要想打字只能硬着头皮练了。在历经近两个月的腰酸背痛、手指发麻后,又完成了电子版的《中华小城》。再给自己起个网名:东山老农,意思是在东山上种地瓜的老农民。把电子版的《中华小城》往《起点》文学网里一发,嘿,事情出奇的顺利,《中华小城》发表了。

　　《中华小城》发表以后,我就没再管它。因为编辑《中华小城》,我的打字速度快了不少,这一下闲了下来手倒痒痒了。这个时候网络上正盛行博客,闲暇之余我也在网易上注册了博客,尝试这个全新的网络世界。我性格内向,不抽烟也不爱喝酒,也不爱与人接触,自然,朋友也不多,是个现代语言中的老宅男,而网络世界是宅男宅女们生活中挺重要的一部分。刚开始弄博客,根据提示一点一点的弄,好歹弄成了一个还算完整的博客。博客建起后,开始重要的一项任务:加博友,通过博友可以了解外面的世界,知道别人的人生,于是我一口气加了一百多位博友。向所有的博友发出问好后,接下来,本书的女主角,我的第一个博友——菱角,就要登场了。

　　看到这里,朋友们会问了:"哎,女主角不是小花吗?怎么成了菱角?"大家沉住气,慢慢往后看。向博友们发出问候后,没想到几天的时间里回复的寥寥无几,一百多位博友回复的也就十几个。后来探究到的原因,一个是新建的博客,没特色,没有吸引博友的地方;另外一个博友回复少的原因,是有些博客有客没主,博主不要说几个月不来博客,甚至有成年不上博客的,这样的博客里我的问候自然是石沉大海了。

还有一点需要说,我邀请博友大多数说了:"亲爱的,怎样怎样,请关注我的博客。"事实证明,邀请博友时别说是叫亲爱的,就是叫姑奶奶都没用,白搭。不过我对菱角没有用"亲爱的"这个词,你会从以后的内容中发现我为什么不对菱角用这个词。

虽然博友们回复不多,我却从别人的博客里知道了许多人不同的人生。有人向往生活的美好;有人期待甜蜜的爱情;有人正沐浴爱河;有人为迷情绝望困惑;有人关心国家民族;有人享受奢华的生活。看到这些迥异的人生,我又不禁感慨:人生真的是丰富多彩啊!

还没等我感慨完,菱角回复短信了:"你好!"接着是对我的博客一通批评和指正。她说我的博客太花哨太乱。的确,我的博客十分花哨,色彩相当丰富,每一个板块都是一种大红大紫的颜色,整个版面的色彩极多极艳,给人的感觉不是一般的庸俗。这也不能怪我,对我来说能把博客弄起来已经是不容易了。

菱角告诉我从哪里去弄现成的背景,怎样整理版面。我唯命是从,按菱角说的去办。在整理好版面,换上素雅色彩的背景后,一个清新的博客版面诞生了。朋友们会问:你总该告诉我们你博客的名字吧?还真没必要,因为这个博客后来我放弃了。

我向菱角表示郑重感谢,菱角说:"别客气。"我又不禁感慨:多好的一个小女孩呀!小女孩?十多岁在我眼里当然是小女孩。在帮我修改好博客后,菱角就消失了,直到一个多月后才又现身网络。

终于等到菱角回来,我赶紧问:"咋这么长时间不来博客?"

菱角回答了一个字:"忙。"哦,我猜测肯定是忙着学习吧。

说一说菱角的博客。头像上是一个卡通女孩,一双大大的清澈如水的眼睛,整个博客背景淡雅。博客里博文不多,总共只有几篇。个人介绍非常简单。音乐盒里有两首钢琴曲,有一首的名字我已经忘记,另外一首的名字叫《KISS THE RAIN》。后来知道它的中文译名叫《雨的记忆》,而我一直把它叫作《雨吻》。这是一首非常好听的钢琴曲,能让人疲惫的心灵得到抚慰。有时候我跑到菱角的博客里是专门去听这首让心灵安静的钢琴曲的。

在博客的相册里有二十几张照片,照片中有一个美丽的女孩,那个女孩给我一种似曾相识的感觉,但又想不起来在哪里见过。这种想法一带而过,我想那个女孩应该就是菱角了。

菱角不在的时候我也没有闲着,有时候安慰为情所困、伤心欲绝的博友;有时候去看加拿大、澳大利亚的博友怎样用炫富奢华掩饰寂寞;有时浏览男博友相册里的时尚美女;有时在愤青群里高谈阔论。当然,更多的是要上班下班、接孩子送老婆、买菜蒸馍馍、扫地洗衣服、和老娘看病拿药、去银行看几百元的工资到账提钱、在风雨中骑着叮当乱响的自行车来回奔波。只有在有空闲而且是老婆孩子不和我抢电脑的时候才会上博客。怎么样,我的生活虽不丰富不多彩,很单调很枯燥,但是,真的挺忙活。

有朋友估计又会问:就你那几百元的工资,生活花销都不够,还买电脑还上网?胡扯吧?真没扯,好在老婆的工资比俺稍多,一月一千出头。买电脑、上网费由她搞定。生活花销主要由有一千多退休金的老爹负责,我只是生活当中的跑腿的。再把吸烟喝酒、旅游聚会这些费钱的嗜好统统拒绝,相比这些费钱的嗜好,上网浪费的电费只是毛毛雨。再说了,老婆买电脑是因为工作原因需要定期上网学习。再就是孩子从网上查学习资料玩游戏,我上博客只能属于蹭电脑。

然而,好景不长,我的博客惹了点事。前面我说过在愤青群里和网友们高谈阔论的事。我在这时写了一篇文章,文章的内容是怎样更好的保障民生,促进社会发展,让社会更加和谐。这篇文章在当时引起了一些议论,但是这些议论不光是正面的评价,还有不少是负面的。这种状况给我造成很大的困扰,用一句老话来形容网民就是"林子大了什么鸟都有"。有一些人希望的不是民富国强,他们在网络上对希望民富国强的网民攻击谩骂,当然,我也成了这些人攻击的目标。

这件事发生后,让我对网络交往产生了厌倦,网络和现实没有太大的两样,都充斥着太多的私心和欲望。于是我打算放弃博客,停止网络社交。出于礼貌,我和十几个还说得上话的博友发出道别信息,也包括菱角。

后来的几天,为了调节心情,我没有上网。几天过后,我准备最后一次上博客,将博客的内容删一删,告别网络。刚一上博客,消息在闪烁,打开一看,是菱角:"别走,发生什么事情了,和我说一说。"

菱角的这则信息给我的感觉是,一个人坠入冰冷漆黑的暗夜,这时东方一丝光明划破夜空,接着一轮太阳升起,整个人沐浴在温暖的阳光里。菱角总是让我感动。菱角的信息让我觉得网络里还有我留恋的事物,我决定留在网络,放弃老的博客,重新建一个让心境轻松愉快的博客。在绞尽脑汁考虑一番之后,决定还是写诗,毕竟诗是文雅的。我写诗的历程就此开始了。给新博客起名叫"花开花落"。此时,我们这部作品的正文开始,作品的名字应该叫

一 偶遇

《那年花开——小花和〈中华小城〉作者的故事》。作品的内容也由两部分组成:《那年花开》是所作诗歌的合集。《小花和〈中华小城〉作者的故事》是我的部分人生经历以及和小花交往的回忆。之所以用《中华小城》作者这个名字,是因为《中华小城》这部小说多少能给我撑点门面。不用我的真实姓名,我很渺小,万里沧海一滴水。

新博客开通,登上我的第一首拙诗,然后去找那十来个博友,给菱角发出请求加好友,菱角还丈二和尚摸不着头脑呢。赶紧和她说明开通了新博客。菱角又回我的老博客看了看,确定是我后加了好友。我特别把她加成亲密朋友,并且菱角自始至终是我唯一的亲密朋友。

在菱角的博客里有一篇叫《小荷才露尖尖角》的文章,这篇文章的题目大家可能有些熟悉。对,小花的博客里也有一篇相同题目的文章,但内容和菱角博客里的有所不同,而且小花博客里的这篇文章刊登时间晚于菱角博客。菱角博客里的该文用第三人称提到了小花这个名字。也因为是好朋友关注的人,我开始在网络上了解小花。一查才知道,小花原来是个俏丽的女孩呀。很多地方都有她的照片,特别是网络里的照片更多。这时候我发现了一个问题,就是上面内容曾经提到的,怎么感觉照片里的菱角在哪里见过?对,菱角博客里的照片和小花非常相似,这才让我产生了这样的感觉。忙去问菱角:"你的照片是你的还是小花的?你和小花长的真像啊,有明星气质。不管你还是小花都和我的眼睛一样大,人称大牛眼。"

对于我提问的这个问题,菱角不予回答,不光不回答,又消失了两个月,消失得无影无踪。菱角不回来,我感到很失落,可一点办法都没有,只能等。过上一两个星期,就给菱角留一次言,表达一下思念之情。

一直等到圣诞节,菱角还没有回来,就像从人间蒸发了一样。我只得给她留言:"菱角圣诞快乐!给你送花了。"然后找出一张天津名吃麻花的照片发了过去。

数天又过去了,菱角依然没有任何消息,只得再次给菱角送上祝福:"菱角新年快乐,健康成长,无论你在哪里。"

时间进入了2009年,菱角还是杳无音讯。我憋不住了,再次留言:"菱角,到了春节还不上网,我就把你的博客占为己有,先替你保管着。"

等啊等啊,终于在一月十号这天上网时有了菱角的消息,菱角回复:"我现在已经上了,不麻烦你了。"

菱角终于在几个月后又回来了。不光回来,还带来了一些新拍的照片。看着这个妮子的照片,越看越觉得不对劲,原来照片里的菱角应该也就是十四五岁,几个月不见,新照片里的菱角怎么感觉长大到了十七八岁的样子？难道菱角一月长一岁？赶紧去问一下菱角："菱角几个月不见,你怎么长大了那么多？你不上网,一个博客挂了你的照片,叫我追着问人家你去了哪里,把人家弄得都不好意思了。"

唉,这是我在菱角不在的时候办的一件傻事。菱角不在的时候我在网上闲逛,无意中看到一个女博客的头像用的是小花的照片,本来找不着菱角我就着急,还以为那个女博主是菱角的朋友呢,于是跟那个女博主来了个穷追猛打,誓要问出菱角的下落。你猜那个女博主怎么着？人家竟然死活不说那是小花的照片。后来才知道人家也不知道照片里的女孩叫小花。如今回想起来这件事真是囧啊。现在用小花照片做头像的博客就更多了。

菱角回复："嘻嘻……什么叫我长大了那么多啊！是不是我得一直就是那么幼稚的装束啊？上传的艺术照片还可以吧？"

我赶紧暧昧地夸奖："太漂亮啦！美若天仙。"夸完了不忘再正经的叮嘱："等考完试再上网吧,别影响了学习。"我估计菱角可能上高中快高考了,贪玩上网影响了学习可麻烦了。

又过了几天,看到中小学都已放假,估计菱角也已经考完试了,我问菱角:"考完试了吧?一定考得很好。今年过年在家过?在爷爷家过?去南方过还是去国外过?"

我这样问是有依据的,从年龄不大就能拍不少艺术照的女孩,家境也会很富裕。那几年已经开始兴旅游过年了。北方有些家庭富裕的人家会到海南广州等温暖的城市过春节。菱角也说不定会去南方过年呢。

菱角回答:"我早就把奶奶接来了,我们一家人和奶奶一起过,多谢关心。期末考的还好,我的文章上了校刊。过年了给你拜个早年,祝你新年新气象!"

我回复:"你真孝顺。菱角,你还长个呀,快超过我了。"

这是看了菱角的艺术照才这么说的,光看照片中的小花挺苗条的,个子应该不矮。

过了两天,我又告诉菱角:"菱角长得像我二姐年轻的时候,大眼睛双眼皮,高个子,还有大鼻子。可惜俩姐姐的孩子长得都不随她们,白长漂亮了,好在孩子都随姐夫的优点,聪明。"

菱角也感到惊奇,问道:"我真的像你的小姐姐啊?嘻嘻,长相是我们都无法决定的,我认为心灵美其实才是最重要的。"

我回复:"是啊,菱角和我姐是里外都美。"

朋友会问了：你小姐姐真的长得和小花很像吗？这个嘛，两个人长得的确有点像，小姐姐年轻时是十里八村才有一个的美女。也因为家里人的相貌给我造成了审美疲劳，我没觉得小花长得多么漂亮，当我对菱角说她很漂亮的时候，我就是为让菱角开心，在拍菱角的马屁。

菱角发的艺术照里有一张滑雪的照片，照片中的小花稍有点婴儿肥，小脸胖嘟嘟的，但比现在瘦的小花要好看一些。因为淄博只有一处可以滑雪的地方，就是淄博张店城区东部的湖田镇，也就是《中华小城》中提到的日本宪兵队驻地湖田村北面的山坡，当然不是真雪，是人工造的。我问菱角："去湖田滑雪了？"

菱角回复："那不是在湖田，是上个月去吉林长白山的时候照的，那儿可好玩了。"

看着菱角的回复，我有些蒙，即要上学，又能跑到长白山滑雪，这这这……这菱角是怎么回事呀？但是，我又不好意思去追问菱角，毕竟快要过年了，忙年忙年，年前有一大堆事情要忙呢。

在菱角相册里还有一张有些模糊的照片，这张照片里的小花，浓妆艳抹的正在表演节目，脸上的妆化过了头，用俺当地老人的话讲："抹得五花六粉的。"菱角说是在学校表演节目时照的，说用的是像素很低的相机还是手机来着我已经忘了。让人高兴还得嘴甜,在照片处留言:"俊!"

打扫完家里的卫生,坐下来上网休息的时候,我无意中得知了菱角的另一个名字。当我用这个名字称呼菱角时,菱角感到很意外,问我是怎样知道这个名字的。我随口扯出两句诗来应付菱角。菱角感叹:"好富有诗意的解释啊!"

后来,我这两句诗编进了我的一首诗中,并打算在2009年小花过生日时,作为生日礼物送给小花,但这首提前刊登出来的诗的内容触发了小花的伤感,在小花的建议下,我赶紧撤下了这首诗,并匆忙的作了一首打油诗送给了小花,而这首打油诗却同样让小花不开心。当然这些都是后话,以后再说。

菱角对我说:"实话告诉你吧,我的名字叫田。"

从此我对菱角的称呼多了一个:田田。

田?博客相册里是小花相似的照片。朋友们会说了:"你怎么这么笨啊,菱角这不是在告诉你她是小花吗?"其实认为我笨的不光是大家,还有菱角,她肯定也在想我的脑袋是不是让门给挤了,我都说到这份上了他怎么不开窍呀?在菱角郁闷了几个月后,终于在我的木讷面前自我崩溃,说出了那句让我好几天脑子都转不过弯来的话。

新年说到就到,转眼到了大年三十的晚上。看春节晚会实在没意思,就去上网。

刚一进博客,菱角气冲冲的发了言:"气死我啦!"

我赶紧问:"是谁大年下的惹田田生气!看俺不砸他!!!田田,俺下楼找板砖去,谁惹你生气了?"

菱角回复:"博客没有显示出来我的一篇日志,真是气死我了。"

嗨!原来是这么回事。我把我放弃老博客的原因告诉了菱角,让菱角知道没必要为网络上的事生气。

菱角回复我:"从博客可以看出来你是一个有志之士,希望多一些像你一样的青年啊。"

我回复:"有志之士算不上,只是希望国家更富强,中华民族更加兴旺,老百姓能够安居乐业。我们这一代已经老了,国家的光明未来得看你们这一代年轻人了。"

这时,对门张哥叫我去打扑克,楼上的邻居也去了就等我了,不好推辞,我回复菱角:"别生气了,这些小事用不着,生气会长皱纹的,影响田田漂亮了。对门叫我去打牌呢,有事叫我啊。"

这是在花开花落这个故事中我唯一的一次和菱角同一时间在一起说话。

女孩子还得哄,过了两天我给菱角留言:"田田,唉,给你留的年糕,初一就让亲戚给抢没了。田田这几天干嘛了？是去走亲戚了,还是去参加什么活动了?"

菱角回复:"嘻嘻……就你嘴甜,好几天没见,我去走亲戚了,对我的名字记得蛮快的啊,嘻嘻。"

元宵节快到了,菱角给我留言:"田田在这儿祝你元宵节快乐哦!"

我回复:"祝田田同学六一节快乐!"

菱角回复:"你说这话好像早了点吧?留着后天说吧。对了,你叫什么名字呢?"我至今没搞明白为啥要后天说。

我告诉菱角一个我大学时代同学们给我起的外号:阿刘。但是菱角一次也没叫过我阿刘这个名字,甚至后来我告诉了她我的真实姓名她也一次没叫过,自始至终菱角都在叫我花开花落。

阿刘?有朋友要问了:山东淄博的阿刘,一定是当年青岛化工学院的阿刘喽?嗨!大学的哥们姐们,除了我,这个世界上还有第二个人叫这么内涵又风趣的名字吗?这么多年过去了,大家还好吗?毕业至今我没有和大伙联系,但是我仍然想念大家,甚至有时在梦里回到过去和你们在校园里一起生活学习。在此也借这部作品表达对校友们的思念。

重新回到花开花落和菱角的故事里。正月十五到了,我问菱角现在在哪个学校学习。菱角回答:"学校我不告诉你,萍水相逢的感觉不是很好吗?嘻嘻。"

我猜菱角就要开学了,我和菱角说:"不能再和你那样瞎扯了,就要开学了,祝田田好好学习,天天漂亮!"

菱角回复:"是啊,就要开学了,我会好好学习的,也祝你工作顺利哦。"说完这句话,在后来的几个月里,菱角又一次消失得无影无踪。

菱角虽然不在,我也经常到她的博客里坐一坐,听一听钢琴曲,让疲惫且浮躁的灵魂安静下来,休息休息。或者给菱角留言,也多是问候:"又忙个够呛,累不累呀?注意身体啊。"

问候如石沉大海,无声无息,波澜不起。

天气一天天开始热起来,菱角的博客一直没有动静。直到五月中旬的一天,菱角回话了:"谢谢关心!你也是哦,一定注意!!!嘻嘻!"

我逗菱角:"田田,你几个月不回来,我想你都想哭了,哭得哇哇滴。田田,刚登的那首歌挺好听的。"

菱角回复道:"嘻嘻,又耍贫嘴!嗯,不过也挺好,就算是我送给你的歌吧,希望你听到这首歌就能想起我。"

说起小花的歌曲,当然要说一下小花的唱歌。现在小花承认,她不太适合唱歌,不过我认为,小花唱的歌挺好听的。小花唱歌的时候年龄不大,可能是因为身体还在发育的原因,嗓音打不开。可小花唱的歌有自己的特色。由于非专业的关系,小花的歌不会飚高音,也不字正腔圆,也因此少了一份专业的造作,多了一份自然的天真。就像是邻家的女孩,在想唱歌的时候不假思索地愉快歌唱。这是我对小花唱歌的感受。

对于小花的这次回复,你会说这不是小花再次提醒你菱角是小花吗?可我想的却是:菱角真会顺水推舟送人情,拿小花的歌送我。菱角送我就收,回复:"好啊好啊。"榆木疙瘩脑袋是如何修炼成的,后面的内容有答案。

恰巧单位开工资,每月涨到了七百元,给菱角发个信息:"又发工资了,一月七百元,比月光族还光啊。"

菱角的回信简明扼要:"好好工作。"

好好工作是必须的,我回信:"OK,"加一流鼻涕的表情图。

我又告诉菱角,《起点》文学网上的长篇历史小说《中华小城》是我写的,而且我写的诗都是给她写的。

菱角很快去《起点》网看了小说,给我信息:"恩,进去看到你的《中华小城》了,分好多章节啊!喜欢文学的人一定是细腻的,加油。嗯,遗憾的就是你给我的诗不知道在哪儿?"

哈哈!菱角显然认为我给她写的诗在《起点》网呢,原以为就俺是木头脑袋不开窍呢,菱角也有脑子拐不过弯来的时候呀。还用"细腻"这个词形容我,其实俺就一稀里糊涂的大老爷们。我回复菱角:"所有的诗不都在我的博客里吗?"

"哦,知道了。"从菱角的回复里我看出了菱角的失望。其实菱角不必失望,将来会有一部文学作品,是对她的回忆和曾经的诗篇。

要知道,菱角是才华满腹的小花,自然会对我写的那些生拼硬凑的诗不满意。我们两个在文学功底上的差异很大,完全不是一个档次。说诗是为小花而作,也是为哄她开心,因为我写的那些诗根本没网友看,更没有评论,何不顺水推舟哄菱角开心。

除了工作还要生活,生活中重要的一项是购买生活用品。一日,我在淄博一著名商厦购物时,看到这所商厦旁边的摄影中心门口上方赫然挂着菱角的一张大照片!当时把我气得够呛,回到家就给菱角发了信息:"田田,有家摄影中心盗用你的照片,到法院告他侵犯你的肖像权!"

之所以说是菱角的照片,是因为这张照片在菱角的相册里有。菱角回信:"7777,我发现有很多人用我的照片呢!!我都生气够一百次了。算了,见怪不怪吧。"

不要说2009年那个时候,就说现在,许多博客的头像都使用了小花的照片,数不胜数。而商业盗用的就更多了。我曾经在一个小型的广告公司看到,满墙贴的都是小花。有一次去水果批发市场买水果,盛雪莲果的水果箱子上印的也是小花。最离谱的一次是,小花的头像竟然出现在"贵妇重金求子"的诈骗小广告上!让我哭笑不得,也难怪小花见怪不怪了。类似的事我也遇到过,我大闺女小时候的照片也被摄影社印到了相册上随意卖,人家根本不当回事。由此可以理解小花的无奈了。

菱角回复后,又消失了一个多月。无论我怎样打招呼,都不见踪影。这时要把时间往前提一提,说一点我的事情,因为这件事情和后面的内容有关。

快到五一劳动节的时候,单位领导通知我要去培训领上岗证。上岗证是电业局要求我们作为电工必须有的证件。我和我的三个同事一起在张店城区上了三天的理论课,这时已经到了五一劳动节。五一劳动节过后,我和同事开始去张店以南五六十公里远的博山区学习实践课,因为淄博电力学校在博山区,想拿上岗证都得去电力学校学习。

在长篇小说《中华小城》的开头,有一段介绍淄博地区地形的文字,大家可以从中看出淄博五个区县的位置。而博山是淄博地区风景比较好的地方,有山有水,自然我和同事在学习的同时,抽出时间要玩一玩,照几张相。在淄博电力学校的不远处,有一祠堂和一个广场,这就是淄博人都知道的颜文姜祠和文姜广场。这里是博山旅游的一

一 偶遇

个景区,也是淄博地方河流孝妇河的发源地。离学校远的地方去不了,我和同事就跑到文姜广场拍了几张照片。照片的主角不是我们,而是文姜广场上那个巨大的妇女雕像。学习结束后,我把照片放到了我博客的相册里,当然还有其它的一些照片,包括我们在喝啤酒吃烤羊肉串时同事喝高兴了红光满面、手舞足蹈的照片。一些女博友以为这个喝高了的同事是我,结果几乎吓跑了我博客里仅有的几个女博友,剩下的十几个博友几乎都是男博友。包括我爬电线杆子换瓷瓶的照片,还有我们的带队领导小王在人工急救考试时努力"亲吻"假人模特时的照片,被我拿来要挟领导请吃大餐。

一直到了六月下旬菱角又一次回来了。她在我的超级木纳面前终于忍不住的自我崩溃,说出了那条让我震惊的消息:"最近很忙,《某某》的拍摄很紧张,小花很高兴能认识你。我刚写的日志我想你也已经看了,请多关注《某某》。"

我看了菱角的这则消息后的三天时间都在思考,我在想菱角要告诉我什么意思。难道是要我去看关于小花主演的影视剧《某某》的相关宣传?三天后,我终于一拍脑袋猛然顿悟:原来菱角是小花!然后是非常震惊。朋友们不要笑话我,最起码我考虑出了结果,只不过思考的时间长了点而已。

震惊之余,因为血压升高导致脑袋发晕,本来就不清醒的脑子更加不清醒了。赶紧搜了关于这部电视剧的相关信息补了补课,然后再去质问菱角到底是不是小花,不准开玩笑。再后来又发去一堆乱七八糟的话,包括本人的姓名、年龄、身高、体重、已婚、有孩。我估计当时小花看到我发过去的这些话应该也晕了。从这时起,这本书女主角的名字又有改变:演员小花。

自己的网络好友冷不丁变成了演员,当然是一件让人兴奋的事,对小花参演的影视剧也全部搜出看了一遍。这时候小花演的影视剧还不多,只有一部港式无厘头的电影和一部电视剧。小花演的还不错,特别是在那部电视剧里饰演的女孩角色,表演清新自然,不做作很纯朴,特别讨人喜欢。只不过可惜的是,该电视剧虽然是知名编导的作品,制作也很精良,但是在电视台的播出率并不高。

这时候也反映了小花在忙什么,她正在参加电视剧的拍摄,而且是小花第一次当女主角,因此这部电视剧对小花来讲非常重要,有着特殊的意义。

在血压恢复正常后,小花也回信了:"不过是告诉你我的名字,干吗说那么多的话呀。"

我回话:"不知道俺是老百姓吗,你吓着我了。"同时对未来的明星表示郑重慰问:"看你的官方博客里电视剧宣传照上的你,骑骏马拿宝剑驰骋沙场,飞上飞下勇猛无敌,拍武装戏有危险,可一定要注意安全。"

小花回复:"谢谢关心,也请关注我的两个官方博客。"小花有两个官方博客,一个在新浪,一个在网易。

事实证明我的担心是必要的,叮嘱没起多大作用。小花虽然是个女孩子,但是她有一个特点:大大咧咧。在拍影视剧的时候,数次被磕碰伤。虽然无大碍,但也被磕得痛哭流涕,最厉害的一次哭了半碗的泪水。这场戏演下来,小花服了,承认做演员并不容易。但这时候的小花还没有想到,在影视圈承受的心理压力要比生理压力大得多,直至那场因参演了一部电影而引起的风波。

(以上内容完成于二零一二年十一月,以后内容开始于二零一九年五月。)

今天的小花,站在富丽堂皇的舞台上和众明星一起放声歌唱,其实小花参演第二部电视剧只是她作为专业演员的开始,还不能称她是影视明星,小花真称的上明星,得从那部有争议的电影开始。这部电视剧开启了影视界一种新的模式,捧红模式。但是这种捧红模式对小花来讲并不是很成功,第二部电视剧作为第一捧虽然投资不小,但是制作完成后几乎没几家电视台播出,所以第一捧成了哑炮。主演的第一部电影作为第二捧宣传挺广泛,但是小花也没有因此一炮而红,反而是引来了很多的争议。如此第三捧、第四捧、第五捧继续,小花仍然没有大红大紫,但总算成为了一名有点名气的影视演员。捧红模式之所以对小花不太成功,是因为小花主演的多数影视剧属于定制版本,编剧海阔天空的瞎编是无法编出一部精彩的影视作品的,无论小花怎么卖力的表演都无法弥补影视剧内容的严重缺陷。这种不接地气的影视剧根本无法得到观众的认可。也因为小花多次主演了这种被观众称为烂片的影视剧,在很长时间内不被人们接受。读者们肯定会问,到底是谁花这么大的力气去捧红小花呢?这个问题的答案在后面的内容里有。

  在我去博山电工培训时照的照片中,有几张学习之余到学校附近游玩的照片,其中有一张照片里面是广场上一个古代装束女人的雕像,女人拿着一根扁担,扁担下方是两个底部是尖锥形的圆桶。我这么一说,差不多淄博人都知道这个雕塑是谁,她就是淄博地区著名河流孝妇河名字的来源,淄博地方风俗孝道弘扬人物颜文姜。这尊硕大的颜文姜雕塑就矗立在孝妇河的源头,博山区颜文姜广场上,离博山电力学校约一公里的距离。

  小花看到这张有颜文姜雕塑的照片后问我:"你的照片后面的那个女神像是什么呀?很像美国的自由女神像哦。有时间一定给我讲讲女神像的故事哦。"

  既然小花让讲女神的故事,我就用我土的掉渣的淄博方言给小花讲了这个民间传说。

  且说在古代,也不知道是唐宋元明清哪个朝代,博山

一 偶遇

地区有一户人家,儿子要结婚了,洞房花烛夜,金榜题名时,可这家人最高兴的却是家长——婆婆。公公呢?公公被婆婆屏蔽了,全局不会出场。儿子结婚婆婆为快抱上孙子而高兴?真不是。千年的大道走成河,多年的媳妇熬成婆。哈哈哈哈!有了儿媳妇,就能行使大家长的规矩了!古代的婆婆很牛吗?还真是牛,看过清宫戏吗,古代的婆婆地位类似于皇太后,儿媳妇就是皇帝的妃子,在皇太后面前低眉顺眼、磕头下跪、朝五晚六请安。皇太后让嫔妃们往东她们不敢往西,叫打狗她们不敢骂鸡,要是敢不听皇太后的话,得,那结果就是"珍妃"的下场。现在的儿媳妇应该庆幸生在了新社会,还让婆婆欺负,不欺负婆婆就不错了。儿子结完婚去外地打工去了,家里只剩下了婆婆和儿媳妇,这给婆婆欺负儿媳妇提供了绝佳的机会。对了,忘了介绍儿媳妇,姓颜名文姜,本剧的女主,当然是打不还手骂不还口的贤淑女子。古代没有直通家家户户的自来水,家里的生活用水是要到外面的河流或水井去挑水,《中华小城》里也有新媳妇宓氏去水井挑水起冲突的镜头。婆婆决定从挑水下手收拾颜文姜。婆婆家离着挑水的河距离得有十里路,我小时候挑过水浇菜园里的菜,别说十里,一里路肩膀都受不了。颜文姜这个累呀,可婆婆可劲的用水,上午洗头,下午洗澡,始终让水缸处于缺水的状态,颜文姜只能一天不停的往复挑水,累的腰酸腿疼却不敢抱怨一声。而婆婆充分享受着欺负儿媳妇的美好时光。慢慢的,婆婆觉得无聊了,这种欺负儿媳妇的方式太小儿科了,得变着花样欺负才能体现出婆婆的高能智商。于是婆婆找做桶的工匠做了一对底部是尖形圆锥体的水桶,替换下颜文姜原来底部是平底的普通水桶。这样的水桶有啥好处呢?还用说嘛,挑水走十里路中间不能休息了呗,不然水桶往地上一放桶就歪倒水撒了。颜文姜知道恶婆婆故意整她,谁叫咱是齐鲁地区孝顺模范标兵呢,不吭一声,挑起特制水桶上路,这样腰更酸腿更疼了。

  这天,颜文姜挑着水往家走,看到路边一个老爷爷,老爷爷口渴了问颜文姜要水喝,颜文姜犹豫到底给不给老爷爷水喝,要是给老爷爷水喝,因为特制水桶的原因有一桶的水只能撒掉。最终良善战胜了理智,颜文姜让老爷爷喝了水。老爷爷喝完了水,颜文姜只得挑着空桶重新回河边打水。突然老爷爷叫住了她,只见老爷爷从怀里掏出一只皮鞭往水桶上轻轻一抽,原本空空如也的水桶竟然水满了!天呐!这是遇上神仙爷爷了呀。神仙爷爷把皮鞭送给了颜文姜,并告诉她,一缸水只能抽三鞭,切记切记。颜文姜谢过老神仙,拿着皮鞭挑着水满心欢喜的回了家。当然,皮鞭偷偷藏起来,这等好事怎么能让恶婆婆知道。

  恶婆婆郁闷了好几天,为什么我一天洗了八次澡都洗脱皮了,水缸里的水咋还是满的?此事定有蹊跷。于是婆婆盯紧了水缸,终于发现了秘密,颜文姜用一根皮鞭偷着抽水缸。抽水缸!这可比欺负儿媳妇好玩多了。

一天,婆婆前所未有地催促颜文姜出去玩,颜文姜以为恶婆婆回心转意良心发现了呢,撒丫子就跑出门找邻居拉呱去了。等颜文姜出了门,婆婆到她屋里扒天扒地的终于找到了那根神奇的皮鞭。婆婆拿着皮鞭"啪啪啪"一边抽一边喊:"快出水快出水!!!",婆婆把抽水缸当成了抽陀螺,太好玩了,一下没停顿连抽了几十鞭,这下好了,一股滔天巨浪从水缸里喷涌而出,瞬间冲塌了婆婆的房子,将恶婆婆冲没了影。眼见洪水威胁到全村百姓的生命安全,颜文姜迅速跑到水缸前,咣当的一下坐在了水缸上,凶猛的洪水瞬间变成了涓涓细流,水缸变成了温柔的山泉,也就是孝妇河的源头,颜文姜广场位于博山区原山国家森林公园东山脚,这个山泉在那座颜文姜雕像的后面,再往山上走一二百米。当然,我给小花讲的不是孝妇河传说的正版,想看正版的孝妇河传说朋友们自己上网搜。

孝妇河传说的确是讲述了一个孝顺儿媳妇的故事,但是,这个故事的现实教育意义根本不是教育儿媳妇要孝顺婆婆,而是明明白白地提醒儿媳妇,封建社会里的婆婆没几个是好东西!要和婆婆斗争到底,坚持到最后的胜利。孝妇河传说的这个现实教育思想深刻影响着淄博地区的儿媳妇们。

小花看了我给她讲的歪版的孝妇河传说,感慨地说:"你给我讲的那个博山孝顺媳妇的故事很美,那么你就是博山人咯?关于我参演的第一部电视剧呢,我觉得真是对不起观众啊,但是我会继续努力的。"我看了那部电视剧,觉得小花在里面的演出还不错,本色演出挺自然的,夸奖了小花几句。从小花的回复来看,小花对在此剧中的表演还是不满意的。小花问我是不是博山人,说明小花没有认真看过我写的小说《中华小城》,要是认真看了就不会这样问我了。当然没认真看是有原因的,这个时候小花非常忙,影视剧拍摄正是最紧张的时期,拍武打戏被磕得痛哭流涕擦擦眼泪继续接着拍,哪还有功夫看啥长篇小说。

繁花褪去,绿叶成为大自然的主角,一场雷雨过后,炎热的夏季来临。撇开忙碌的小花,我也要去做一件事情,去完成一件久未实现的心愿。是什么已久的心愿呢?这件事说来话长。下面的这段叙述很长的回忆,几乎包括了我一生中执念的全部。

二 成 长

二 成长

  我出生在山东省淄博市张店区沣水镇一个普通的小村庄,和普通的农民家庭有一些不同的是,我老爸是一家大型国营企业的职工,他是在年轻时通过考试进入这家国企的职业学校而成为了国营企业的工人。母亲也和普通农家只在家相夫教子农田劳作的农村妇女有一些区别,老妈是一个非常勤奋的人,曾经参与建设淄博地区著名的太河水库。从事过艰辛的公路养护,再到负责农业浇灌的排灌站工作,直到在沣水镇政府规划办公室工作。当然,母亲并不是政府的公务员,那个年代她这个工种有一个称呼叫亦工亦农,和现在街道办事处聘用的工勤岗类似。我有两个姐姐,大姐性格随母亲,勤奋且好强,勤奋的结果是学业事业双成功。二姐随父亲,身材高挑且貌美,前面讲过,是十里八村才会有一个的美女,这也是我对小花长相无感的原因,审美疲劳。善良单纯的二姐工作方面一直也很顺利。我嘛,都说一个家庭孩子里面的老小最容易一事无成,我还真不是特例。我如同熬中药的药锅中最后剩下的精华,几乎全是没用的渣渣,因此我也成为两个姐姐经常援助的对象。还需要介绍两个我几乎没有印象的家庭成员,一个是二十世纪七十年代已经过世的爷爷,小说《中华小城》里面刘家富的原型。在那个曾经唯成分论的年代里如果有这样一位家庭成员,算是中大奖了,会给家庭带来很大的困扰。母亲和大姐好强性格的形成,和这个家庭因成分不好有很大关系。还有就是奶奶,奶奶是典型的农村妇女,相夫教子,与人为善。我是奶奶最疼爱的孙子,经常不把糖果给姐姐们吃,在我晚上入睡前偷偷塞我嘴里一颗,让我在甜蜜中入睡。奶奶的这个疼爱行为导致我从小就一嘴坏牙,牙疼伴随着我从小一直到现在。奶奶看护我到六岁时去世,可我对疼爱我的奶奶竟然一点印象都没有,脑海里所有记载奶奶的磁盘记录全部被删除,可见我是多么的没有良心。

  我对童年留有的印象已经不多。家的南面有一条清澈见底、鱼虾嬉戏的小河,河的名字起得直爽,叫南沟。知了声声的夏天里,在柳树下的荫凉中啃着父亲从厂子里拿回来的大冰砖。白雪皑皑的冬天里,屋檐下挂着长长的冰凌。我的小学时光是在本村小学度过,学习成绩偏上,当过四年级的副班长。初中是在西面的邻村张赵村的沣水镇张赵联合中学。初中时我的学习成绩位于班里的中上游,在初中三年级时还担任了副班长。副班长是我学习生涯中当过的位居第二的职位,在大学时我竟然神奇的当上了班长!这又是一个给大家增添快乐的事情了,后面会有介绍。初中时交的一帮男女同学成了好朋友。虽然从小被老妈打压着要成为人人称赞的老实孩子,但骨子里是活泼的性格。虽然吹拉弹唱画一样不行,却非常喜欢文艺。曾经在初三当副班长时,叫着几个要好的同学逃课,跑到张店城里看当时著名的火爆大片《第一滴血》,回校后被恼怒的班主任直接拎到教室门口罚站。那时候的初中学习时间只有三年,不是现在的四年,初三意味着即将迎接重要的中考,班主任的生气程度朋友们自行脑补。

说了学习还要说情感。可能和老爸是国营大厂职工福利好,导致我不太缺营养的关系,我情窦开的比较早,初中就开了,喜欢过两个女同学,对其中的一位女同学喜欢到了迷恋的程度,成年后还曾经托本家的一位和该同学是婆家亲戚的姑姑去同学家说亲。当然,我的说亲在那个年代想成功几乎是痴心妄想,原因仍然是家庭成分,后面内容会挑明。这也是我唯一一次主动托人相亲。女同学的事后来老婆也知道了,女同学被老婆调侃是我的梦中情人。其实情窦开早了也不是好事,可能是随着身体生长的成熟,雄性激素分泌趋于正常的原因,我的情窦在上高中时竟然关闭了。当然我上中学的那个年代是不兴谈恋爱的,即使有几对谈恋爱的同学也是偷偷摸摸地谈,以至于后来有几对同学成了夫妻的消息被同学们知道后,同学们的反应是:"啊?"。

在中考结束,报名高中时,我犯了一次二,在学习成绩优秀的学习委员地怂恿下,我第一志愿报了淄博市第五中学,淄博市第五中学在当时是淄博市教学质量排名第一的高中,也是淄博市最难考的高中,依我的中考成绩被淄博市第五中学录取根本没可能,第一志愿要是报张店区第四中学这种教学和生源质量相对中等的高中,被录取还是有把握的。张店区第四中学在当地被人们叫做张店四中。不出所料,我百分之百的没被淄博五中录取,却鬼使神差的被张店区第五中学录取了。张店区第五中学离我家有十多公里远,教学和生源质量又比张店四中低了一个档次,在张店区第五中学上学基本断定只能拿到一本高中毕业证,能考上大学的可能性几乎为零。既然被张店区第五中学录取了只能去那里上学了。到了高中开学季,我骑着自行车带着被褥被老爸送进张店区第五中学的校门,开始了新的求学生活。因为中考成绩在被张店区第五中学录取的学生中名列前茅,被班主任朱老师任命为班里的学习委员。至于住校嘛,呵呵,整个张店区第五中学的住校生竟然只有我们五个高一年级的男生!

　　生活总有意想不到的改变,上面提到的张店四中位于我老家的沣水镇,在张店城市东南方向的郊区,离我居住的村庄往西有三公里远。在我中考的这一年,张店四中的报考名额没有报满,导致一年级新生有空缺的名额。老妈知道这个情况后,拿着我的中考成绩单来到了张店四中,学校的领导看到我的中考成绩能达到一年级新生成绩的中游水平后,同意我转学到张店四中。在张店区第五中学学习了一个月后,我转学到张店四中。因为离家近,不用

二 成长

再住校了，每天可以骑着自行车上下学。

  张店四中是一所历史悠久的中学，学校的前身是淄博市第二十五中学，二十五中成立于二十世纪五十年代，也就是新中国刚刚成立的时候。现在的张店四中和我上学时的张店四中除了名字一样已经没有任何关系了，现在的张店四中是原来的沣水镇中学，是一所初中学校。而老张店四中的校园改名为张店区体育竞技学校，成为了一所专门培养体育专业人才的体育学校。我在张店四中度过了三年的高中时光，对张店四中校园还留有的印象是朝着东方的校门，左右对开的两扇大铁门。老师和同学们在晨光的沐浴中走进校园。进了校门，路北有一座三层的教学楼，每层四个教室和东楼头的几间教师办公室，每层的四个教室恰好是一个年级。女生宿舍在教学楼的西面，也是一座三层的楼房。而男生的宿舍是两栋破旧的平房。教学楼的北面是宽阔的操场，操场四周种植着高大的白杨。食堂是位于校园西南角的两间平房，仅有的三个炊事员只能为学生和老师提供三五种家常菜和馒头的饭食。对老师还留有的记忆是，四十岁刚出头就前途光明的文科班班主任，声情并茂地讲解着地理，让学生们荡漾在知识的海洋；戴眼镜的政治老师，温文尔雅地讲着每一堂课；还在给孩子喂奶的英语老师，为了不影响学生学习的进度，依然坚守在讲台上，全然顾不上家中嗷嗷待哺的孩子。高中老师,一直都是整个教师队伍中最辛苦的群体。对同学的记忆比较多,在大雪纷飞的冬天里和本村的同学在白雪覆盖的乡村小路上步行一个多小时去学校;足球技术达到运动员水准的张同学叱咤在足球场上一脚射门;篮球场上成同学数次过人后将篮球优雅地投进篮筐;岳同学打羽毛球时的精彩接球引来女同学的热烈鼓掌;家境贫困的学习委员穿着露着脚趾头的旧球鞋在雪花漫天的操场上奋力奔跑;开朗豁达的李峰同学乐于和住校的同学们分享从家里带来的美食;还有不知名的其他同学像专业体操运动员一样在没有任何防护措施的双杠上飞舞旋转。后来我也学会了像这位同学一样玩双杠,学会的结果是,有一次失手从双杠上倒栽葱摔到水泥地上,直接把我给摔晕了。这次受伤给了我遗留到现在的是偏头痛、颈椎病和肩周炎。还有一次受伤是在尘土飞扬的球场上踢足球时,被一位同学用足球砸到了眼睛,造成右眼看物体重影,所以你在我眼里的份量是双倍的哟。为什么同学记忆里都是男同学,女同学呢?我的那些女同学文静且安雅,加上那时候我情窦关闭,每天想的都是好好学习天天向上,变成了一个老实本分的好学生,所以对女同学不感冒。看到这里,高中的同学们得会心一笑了。

张店四中虽然有着悠久的历史,但无法摆脱是一所农村中学的现实。张店四中的教学质量在淄博地区位于中等水平,生源绝大多数是张店区农村户籍的孩子,少数是张店城市户籍以及张店区外的孩子。农村户籍的学生占多数决定了张店四中的生源质量只能是一般般,不可能很优秀。为什么这么说呢?这又是那个时代的问题。

二十世纪八十年代和九十年代初,农村的孩子中,大部分学习好的学生的人生目标并不是考高中、考大学,而是在初中毕业时考取初中中专。考上了初中中专意味着彻底告别面朝黄土背朝天、没有出路的农村生活,拥有了对农村人来讲无比珍贵的城市户口。中专毕业后直接分配工作,进国营工厂、进政府部门、进中小学校。那个时候俺们农村人把考上初中中专的学生叫"国家的人"。所以在那个时代农村孩子能考上初中中专不仅仅是一家人的荣耀,而是整个家族、整个村庄的荣耀,类似于封建社会考中进士,光宗耀祖,鱼跃龙门。但是在那时候初中中专对农村户口的学生招生名额非常少,少到比今天硕士研究生的招生名额还少,一个乡镇的中学里能考上中专的学生一年不过三五个,想成为国家的人不是那么容易的。不过我家出了一个中专生,我大姐。每个考上中专的农村孩子都是拼了命的学习才考上的。绝大部分学习拔尖的农村学生如果初中毕业当年没能考上中专也不会去考高中,而是选择复读。如果复读一年还考不上中专,那就再复读一年。记得我二姐的一位同学复读了三年才考上了中专。

那时候的初中是三年毕业,硬着头皮读六年的初中是怎样的一种煎熬。但挺过巨大的煎熬之后,便是人生的一帆风顺。二姐的那个同学现在有着一份稳定的工作,生活各方面要比她那些在农村的同学好很多。她感谢她的父亲当时严厉的要求她复读复读再复读,掐断了她任何的其他想法,才有了今天的人生顺境,所以那时的煎熬还是值得的。这是经历过风雨才能见彩虹吗?是的。

那个时代的农村生活到底差到什么程度,才让农村孩子如此决绝的要走出农村呢?那时候不光生活水平无法和现在相比较,农业技术水平也一样。不要说过去,现在给你三亩地,种上一年的庄稼,一季小麦和一季玉米,从种到收,从浇灌到施肥除草,一年后保证大多数人一辈子不想再种庄稼,很辛苦的。

学习非常好的农村孩子几乎都去考中专,那么像张店四中这样以农村学生为主要生源的高中学校自然是生源质量一般。当然也会有几个学习成绩达到能考上中专的水平却选择上高中的农村学生,农村孩子中一样会有更加崇高理想的学生。这几个学生理所应当的成为了像张店四中这样学校的学霸,毕竟人家是冲着上大学去的。这些学生日后也成为学校传颂的骄傲。

农村孩子考上初中中专相当于古代封建社会的中进士,那考上大学可称得上是中状元了。农村一个乡镇能有

二 成长

学生考上大学可是一个镇的骄傲。与初中中专的难考相比,考大学的难度又上了一个台阶。以张店四中为例,一届高中四个班,一个文科班,三个理科班,每个班五六十个学生。连复读生在内,一年能考上本科、大专、高中中专的学生不会超过十个人。

  我上高中时学习成绩在班里位于中游,偶尔会进步到中上游,属于应届考大学没门,但不复读又有些可惜的一类学生。在高二文理分班的时候,我对化学和机械是很感兴趣,打算学理科,而且我们那个时代盛行一句话,"学好数理化,走遍天下都不怕。"但是在分班前,听一个老师讲物理,我竟然听不懂老师讲的内容,因为这个因素我最终选择了学习文科。所以我是以文科生的身份参加的高考。一九九一年七月初,我一个人骑着自行车来到位于张店城里的淄博市第五中学参加了高考。等高考成绩公布,果不其然,我的高考分数离着大专的分数线还差三四十分。不要以为这个成绩太差,我的大部分有大学学历的同学,他们的第一学历差不多都是大专。能考上大专,至少相当于现在考上211院校。

  高考结束回家后,我在一个建筑队当了两个月的小工,搬砖头的手磨掉了好几层皮。这时一个想复读的同学找到了我,问我想不想和她一起去复读。在征得家长的同意后,我参加了复读培训班。不过我没有去离家近的张店四中复读,而是去了淄博民主建国会在张店城里举办的复读培训班。这个培训班的学生不像张店四中,不光来自张店区,而是来自全淄博市,而且农村户口、城市户口的学生比例差不多。培训班租赁了山东省农机学校的教室和宿舍,为学生提供食宿,集中培训学习,像苦行僧修行一样的复读开始了。

在山东农机学院的单身职工宿舍里,和傅哥、王哥一起居住了近一年,艰苦的复读很快要结束,即将迎接新一年的高考。但这一年的高考发生了一件特殊的事情,高考历史上唯一一次限制复读生参加高考的事情发生了。限制到什么程度呢?我参加的那个文科复读班有六十多个学生,在经过教育部门组织的考试后,只有一名同学被允许参加高考。我这神经衰弱严重的脑袋现在还清晰的记得,原来拥挤不堪的培训班教室里变得空空荡荡,那个被准许参加高考的孤独同学被三个老师围着的场景。

限制复读生参加高考这种事情仅仅在一九九二年发生过,不管之前还是之后都没再发生。至于为什么会限制复读生参加高考,当时相关部门给出的理由是,复读生和应届生同等条件考大学对应届生不公平。

不让参加高考就不能上大学了吗?答案是否定的,一九九二年六月初我从复读班回了家,九月末的一天,我们一行四个年轻人在青岛火车站下了火车,又坐上了青岛化

二 成长

工学院停在火车站用来接送新生的客车。一个半小时后，客车驶进了青岛化工学院的校门。谈起我这次上大学的原因，又得把时间往前翻页了。

二十世纪八十年代末九十年代初，改革春风吹遍中华大地，乡镇企业在我国蓬勃兴起，特别是山东、江苏这些东部沿海地区的省份。而位于山东省中部的淄博市作为老工业城市，这里的乡镇企业、村办企业、私营企业更是发展的如火如荼。红火到什么程度呢？随处可见的砖厂、瓦厂、石灰窑、瓷砖厂、炼铁厂、化工厂。这些工厂在给农村带来高就业的同时，还带来了严重的环境污染和破坏。原来草木葱荣的山丘被开采成了一个个几十米深、直径数百米的大石坑。原来溪水潺潺、鱼跃虾跳的河流变成了臭气熏天的污水沟。蓝天白云更是直接给扔进了梦里，除了下大雨的当天能见到透彻的天，其余时间全是严重雾霾。作为重工业发达地区，淄博的严重雾霾可不是前些年电视上报道的那种雾霾，那些年惊呆国人的北京雾霾和淄博雾霾相比根本不是一个级别，北京雾霾连小弟都算不上，顶多算孙子辈。淄博环境污染最厉害的那些年，淄博在环境污染前十的城市中榜上有名。通过毁灭人类赖以生存的自然环境，竭泽而渔式的发展经济只会让人类陷入万劫不复的境地。通过近几年严格的环境治理，淄博又得以重现蓝天白云。生活环境的持续改善，大大提高了人们对社会的满意度。

  回到当年,乡镇企业、村办企业蓬勃兴起,但是这些企业却因缺乏相关专业技术人才影响到企业的发展。在那个年代,大学生还是稀缺品,大学生毕业会被分配到政府机关、中大学校和国营企业,根本不会有大学生到这些小型的乡镇企业去工作。一方是急需有专业知识技术的人员,一方是大学在招生方面还没有扩招,怎么办呢?供需双方坐在一起讨论后一拍即合:校企合作,企业负责出钱出人,大学负责培训学习,这些参加培训的人员就叫"委托培养生"。我就是作为一名乡镇企业派出的委托培养生来到青岛化工学院学习的。虽然我们这些委培生和正式的大学生同吃同住同学习同样严格的考试,但我的确是一名如假包换的山寨大学生。

  一九九二年六月从复读培训班回到家没两天,老妈已经给我联系了一家乡镇企业去上班。张店东方化学厂,沣水镇政府管理下的一家乡镇企业。王厂长,原来是老妈在沣水镇政府的同事。王厂长还在镇政府工作时,张店东方化学厂发生了一次严重的事故,厂里生产的一种产品的有毒原料气体发生了泄漏,导致工厂临近的村庄几百名村民中毒,原来的厂长因此被撤职。王厂长临危受命来到了东方化学厂担任了一把手。那时候不和现在一样,企业一把手叫什么老总、董事长什么的,就叫厂长。

二 成长

  到东方化学厂上班的第一天,在工厂里见到了张店四中的同班同学王刚,王刚在高中时学习成绩比我好,高考分数几乎达到了淄博市警察学校的录取分数线。王刚又在张店四中复读了一年,后来的遭遇和我一样,因限制复读生参加高考的政策无缘大学。如果当年王刚能够参加高考的话,考取淄博师范学院这样的大专院校是一点问题没有的,今天他也将会是一名优秀的老师。可惜,人生没有假设。王刚来到了东方化学厂,成为了一名乡镇企业的职工。对于农村没能考取大学的高中生来说,乡镇企业和村办企业是他们职业的主要归宿地。我和王刚不在一个车间,但都是在车间一线工作,是产品生产线上普通的操作工。化工生产相对于其他产品的生产更加需要专业的知识,化学品的合格率和原料及催化剂的纯度、化工工艺、工人操作熟练程度密切相关,任何一项的差错都能毁了化学品,直接从合格品沦为没有任何用途,而且有毒有害、难以处理的化工废料。所以说化工企业比其他类型的企业更加需要专业的技术人才。王厂长也意识到了这一点,专业人才的储备对东方化学厂的未来至关重要。大学生不来乡镇企业,那只能走校企合作、委托培养这条路了。

  当我要被王厂长定为委培生时,王厂长觉察到了我性格方面的缺陷:性格内向,少言寡语,不善交际。王厂长培养委培生的目的,不单单是要专业的化工人才,而是有长久的打算，我们这些委培生是要在将来接他们这些老一辈领导的班，担任东方化学厂领导岗位的。而我的性格根本不适合当领导，当一个在技术方面较真的技术员倒是合适的。这时候厂子里还需要一名驻厂医生，王厂长找到我老妈，两人谈论了我的性格方面，王厂长的建议是我去学习医学，学成后回厂当厂医，老妈也倾向于我去学医。但是几乎每个参加过高考的高中生都有一个上大学的梦想，我也一样。而王厂长想让我去学习医学的那所学校名字叫淄博市卫生学校，不是一所大学，是一所初中中专学校。当年淄博市卫生学校和当地卫生主管部门为了弥补农村医生的不足举办了乡村医生培训班，王厂长让我参加的就是这个乡医培训班。可我当时的理想仍然是能够上大学，哪怕是作为一名假大学生去上一次大学。王厂长最终尊重了我的选择。后来的人生经历证明，王厂长的想法是对的，我的这次选择，是我选错人生发展方向，给我的人生造成了严重影响。人生道路方向的选择是一步错，步步错，无法回头，只能硬着头皮一步步继续往下走。王厂长在为我们这些委培生选择培训的学校时也犯了错误，在选择是去华东石油大学还是青岛化工学院学习时，还是选择了位于繁华之地的青岛化工学院。青岛化工学院隶属于国家化工部，单论教学水平，一点不次于华东石油大学，华东石油大学位于荒凉的山东省东营市胜利油田，其特色学科更侧重于石油化学品方面。当时东方化学厂的拳头产品,是一种石油开采助剂的原料,所以说,如果当初王厂长让我们去华东石油大学学习的话,可能会对东方化学厂未来的发展产生深远的影响。青岛化工学院的教学则偏重于化学基础类,特色学科是橡胶专业,和东方化学厂的产品关系微小。结束在青岛化工学院的学习,回到东方化学厂几年后的某一天,王厂长对我说:"当初就应该狠狠心,把你们扔到四周都是荒草野坡,只有野兔子才拉屎的华东石油大学!"

这一年王厂长派出了五名职工到大学委托培养。派到青岛化工学院的有三个人,我学习有机化工,主攻方向化工工艺和技术;王刚学习化工机械,主攻方向化工装备及安装;女职工老孟和我一起在有机化工专科班学习,主攻方向是化学检验。老孟其实并不老,和我同龄,人长得白净俊秀,性格文静。叫人家老孟是因为都是同事太熟悉,顺口叫习惯了。另外两个委培生一人学习电子电气,一人学习商业贸易,就读的学校是在淄博本地的山东工程学院。该大学培养的电子机械专业的大学生在山东省赫赫有名。从这五名委培生学习的专业来看,王厂长在为东方化学厂储备专业人才方面考虑得非常全面。

一九九二年九月末的一天,我们一行四人坐火车从淄博来到了青岛。除了东方化学厂的我、王刚、老孟,还有邹海生。邹海生也是沣水镇的老乡,在他村子的村办化工厂工作。这一年邹海生已经二十四五岁,虽到了谈婚论嫁的年龄,但还没有结婚。邹海生无论在化工专业知识还是人生阅历方面都比我们三个小年轻丰富得多,在以后近两年的求学生涯中给了我们许多的帮助。

我们是和专科班的正规大学生一起开学的,比本科新生开学晚了至少半个月。专科新生没有军训,我也没记得第二学年的本科新生军训过,应该是那个时代还没有上大学要军训这一硬性要求。青岛化工学院没有给委培生专门"开小灶",让委培生和专科生同吃同住同班学习,同样严厉的考试,每门考试不及格都得重新补考。连毕业照都是在一起拍的。但是毕业时,人家专科班的同学发的是印着国家教育部门印章的大学毕业证,而我们这些委培生拿到的是只有青岛化工学院和院长印章的结业证。也就是说,我们这些委培生的文凭,走出工作单位的大门根本不被其他单位认可,结业证是真正的废纸一张。这个结论在我离开东方化学厂后得到了印证。

因为是和专科新生同时开学的,所以青岛火车站才有学校接新生的客车。从青岛化工学院的校园内下了车,受到了已经在学校学习了一年的高中同学安宁、李文会还有老乡高国强的热情接待,帮我们拿行李,领教材,熟悉校园,并委托宿舍管理员把我、王刚和邹海生安排住进了他们居住的研究生楼。那个年代青岛化工学院就有自主招收硕士研究生的资格，可见其教学实力和教学严谨程度不一般，我们在后面的学习中对此也有深刻的感受。

在研究生楼居住的研究生是男女混住，老孟只能和其他新来的委培生一样被安排住在学生宿舍，和专科班的女同学一起居住。在委培生方面还需要提一提的是，委培生在年龄和性别上的差距。我们这些委培生年龄差异较大，年龄最大的魏大哥已年近三十岁，早已经结婚生子。魏大哥也来自于沣水镇的一所乡镇企业，张店沣水化工厂，是东方化学厂的西邻。年龄最小的小学弟才十六岁，初中毕业，也是来自淄博市。小学弟因为没有上高中，因此化学基础知识不行，导致以后多门学科不及格，最终没能拿到结业证。魏大哥是一九九一年来到青岛化工学院学习的，比我们早了一年。我们九二届的委培生中邹海生是年龄最大的。性别方面大家不用想就能猜的到，男极多女极少，委培生中连老孟在内只有三个女生。别说委培生，理工类大学都有男多女少的特点。我跟着上课的这个有机化工专科班里，男学生占了学生总数的四分之三，女学生只有四分之一。帅小伙随手能揪出几个。美女嘛，唉，我不说了，我要说了，怕是以后大学同学聚会的时候，我会成为女同学群殴的对象，我们专科班的女同学都很聪明可爱哟！

再说一说青岛化工学院委培生的来源地,淄博居多,淄博市的张店区、临淄区和周村区这些地方的生源占了全部生源的一大半。另外还有山东省东营市、江苏省盐城市、吉林省延边朝鲜族自治州和陕西省的同学,他们多是冲着青岛化工学院的优势学科橡胶专业来学习的。还有我同宿舍对铺的兄弟老闫,是来学习法律专业的。青岛化工学院还有法律专业?还真的有。一九九二年各大学在招生方面虽然还没有扩招,但在学科方面已经开始扩大,为将来的扩招做准备了。

在同学和老乡的帮助下,大学的第一天我在兴奋和快乐中度过。也许是乐极生悲的缘故,第二天,出事了。

高等数学是学习化工专业的必修课,而高等数学里面复杂的公式必须要用有特殊公式键的计算器才能得到答案,靠人脑计算是不行的。第二天,在同学的建议下,我们四个人坐五路公交电车来到了青岛市当时最繁华的中山路。在青岛书店的斜对过,有一所楼宇高大的商厦,商厦的名字我已经忘了。这所商厦应该是当时青岛最大最豪华的商店。所谓大,在三线城市淄博肯定是没有这么大的商店。除买了计算器外,还买了其他需要的学习用品。我们购买的计算器是卡西欧牌的。日本原装进口,所以还记得是什么品牌,是因为这个计算器我现在偶尔还拿出来用。从购买时的一九九二年到现在的二零一九年,电池都是原装的没换过,质量过硬到不可思议。质量好的还有飞利浦剃须刀,还不是进口的,是广州合资生产的,我竟然一直用了二十多年,直到刀片把隔网给刮透了,换了隔网后还能正常用。哎,跑题了。在购买了需要的商品后,我们愉快地坐上五路公交电车准备回校。这不没出事吗?在回校的公交车上出事了。

那个时代青岛的公交车不是让人来坐的,而是用来挤的。如果你保持礼貌,在公交站台自觉排队上车,你会发现在车站上排队的只有你一个人,而且你等一天都上不了公交车。公交车快要进车站,等车的人已经一拥而上,你推我挤。腿脚灵活的年轻人会从车窗一跃而入,车门口的人挤得东倒西歪。小孩的哭声、老人的骂声、驾驶员的怒吼声交织在一起,组成一曲极具青岛特色的公交车交响曲。经历过二十世纪九十年代的青岛人看到这段内容,他们会说我绝对在青岛上过学。

在公交站台上等车的不光有辛苦的乘客,还有专门在乘客上车时在他们后面挤人的公交车常客,小偷。偷盗是公交车上的家常便饭,我的出事跟小偷有关。艰难地挤上公交车,我们四个人被拥挤的人群挤到了各处。公交车行进中,竟然有一个小偷当着我的面光明正大地偷一个老大爷的钱包,直接视我为无物。作为一名堂堂的山东人,怎么能容忍犯罪行为在我面前发生?士可忍孰不可忍,"路见不平一声吼哇,该出手时就出手啊,风风火火闯九州啊。"哎哟哎哟好疼啊!一场群殴不可避免的发生了。朋友们会问:不是只有一个小偷吗?怎么成了群殴了?你们四个人群殴那个小偷?不是。我和那个小偷刚开打,对方就变成了五个人,原来人家是一个小偷团伙作案,一人偷四个人把风,这才是小偷偷钱包时当场把我无视的原因。

搏击比赛开始了,公交车上原来拥挤到摩肩擦踵的人群瞬间自觉的让出一块场地。兵来将挡,水来土掩,你来我往,拳打脚踢。不好意思,我在说评书呢。这场打斗只有四个字,拳打脚踢,被拳打脚踢的对象自然是我。我从小被老妈教育着要做一名被人称赞的老实孩子,从小几乎没打过架,所以在打架技能方面与打架斗殴比较专业的小偷团伙成员相比,我级别压根就不够。更何况那五个小偷绝对是纯种的青岛人。青岛人因为靠海吃海的因素不缺营养,明显比其他非沿海地区的山东人高大。我身高一米七六,个不算矮吧。可我这个淄博地区的中高个来到青岛后彻底变成了中等个。身高一米七以上的青岛女人有的是,青岛男人更不用说,身高一米八、体重八十公斤起步吧。再看那些小偷,且不论那一口不知所云、标准青岛当地方言的叫骂,还有那几个比我高还大出一圈的体型,明显是青岛青年的标杆。所以这场打斗从一开始我就成了武斗场上的沙袋,只有挨打的份了。这次"风风火火闯九州"的真实感受,只能是哎呀哎呀好疼啊。

　　由于地形的原因,青岛的公交车站隔的都比较近。群殴还在进行中,公交车已停在一个车站上。冲进群殴场地的邹海生一把把我拽出了打斗现场,直接把我拎下了公交车。王刚和老孟也紧跟着下了车。车门关闭,公交车远去,搏击比赛正式结束。我的这次见义勇为的结果以我完败告终。胜利者也不是小偷,而是那个没被小偷偷去钱包的老大爷。要不是机智的邹海生,我的这次求学恐怕要从医院病床上开始了。

　　重新坐上公交车回到学校,到校医院简单包扎处理伤口,准备明天上课。有朋友可能会问:你这是见义勇为,为什么不报警呢?那时候和现在报警这么容易吗,掏出手机:"喂,110吗?"我们刚到青岛,人生地不熟,连派出所的门朝哪开都不知道。再说了,偷盗是小事,我又没被打坏,咱大人有大量,宰相肚里能撑船,算了算了,得饶人处且饶人吧。

　　你看我多么的豁达,多么的坚强,挨了打哭了吗?哭?男儿有泪不轻弹,只因挨打不够重。回校后偷偷地抹了几把眼泪。不过这次挨打极大的增强了我的自信心,原来我这么抗打,能以一抵五,明显是练搏击的一块好料嘛。以至于后来的我对搏击很感兴趣。

　　来到青岛的第三天,开始上课啦。那天我去教室有些晚,九二级有机专科班的同学差不多都在教室了。一进教室,教室里几乎所有的同学立刻对我举行了庄严的注目礼。那天我的确是够引人注目的,眼眶乌黑,鼻青脸肿,因为左眼眉骨的皮肤被打裂,眉毛上还贴着一块白纱布。对于同学们关注的目光,我还是很害羞的,自觉地走到教室的最后排,安静地坐在了角落的椅子上。班主任进教室了,我又乖乖地低下了头。

　　对于这次挨打的经历,我没有向同学和朋友过多的提起过,毕竟是被人暴揍,从内心感觉还是挺丢人的。因此知道的人也很少。

　　高中的学习紧张吗?紧张。大学的学习紧张吗?竟然比高中还要紧张!大学授课和高中教课的区别太大了。一节课五十分钟,课间休息十分钟。上午四节课,下午两节课。一门学科连着上两节课。上课铃一响,老师开讲,五十分钟内老师如滔滔江水绵绵不绝地讲课本知识。下课铃一响,老师夹起教案走人。两节课上完,学生如炸了窝的马蜂般四处乱窜,去寻找下一节要上课的教室。十六课的课本两节课下来老师讲二三十页的内容。一天六节课七八十页的知识量。像高中时一样搞不懂的知识点问老师?想啥好事呢,搞不懂找搞得懂的同学去!在此间接告诉大家,大学同窗的重要性。每天脑子被灌进这么大量的知识,晚上自习时如果不复习预习到九点半,第二天上课时就会因为知识断点导致听不懂老师讲的啥而直接懵圈。要想再跟上学习进度就得付出双倍的努力。如此长时间的消耗脑力,脑力不足可怎么办?方便面来补!晚上自习后回到宿舍,肚腹如雷鸣般那个饿呀,至今还记得青岛生产的韩国品牌三养牌红烧牛肉面,晚上睡觉前泡上一包,香气弥漫整个宿舍,可以用人间美味来比喻了。至今回味无穷,只因当时太饿,就像朱元璋打败仗时喝的珍珠翡翠白玉汤。那时候买方便面都是一箱一箱的买。泡方便面的功夫也磨练到了炉火纯青的程度,让闺女交口称赞,是闺女泡方便面的指定大厨。做其他的饭菜嘛,唉,那个难吃,让一家人嫌弃。也有好处,每次去丈母娘家,做饭的必须是有几道拿手菜的小舅子,我是等着吃的那位。因为学习紧张,消耗大量的能量,导致我在两年的求学期间体重一斤没涨,一直保持在一百二十斤。我严重怀疑小花上的电影学院是不是一所真大学,小花一边上着大学,一边还有大把的时间去拍戏,这明显是一所社会实践大学嘛。艺术类大学和理工科大学真的是差别太大了。

  有朋友可能会问:你高中时学的是文科,高二分文理科后就不再学习化学,还复读了一年。都三年没接触化学知识了,大学授课那么紧,学习能跟得上?我在这里给出一个标准答案,只要够努力,不仅学习跟得上,而且能学得很好。以我当年一些学科结业考试的成绩为例,一百分为满分:无机化学七十多分,有机化学八十多分,化工机械七十多分,高等数学八十多分。这些都是有机化工专科学习的主要学科,必修课目。当然也有挂科的,化工工艺竟然出乎意料的挂了科,只能再次参加考试补考,这也是后来让化工工艺老师指着我的鼻子训斥的原因之一。当时还有一个对我学习不利的因素,我没有和同班别的委培生一样和专科班的男同学居住在男生宿舍,而是和王刚等六个和我不同专业的同学住在了研究生楼的四楼,和我同班的邹海生则住在三楼,和比我们高一年级的安宁、高国强等人住一起。这也导致我晚上睡觉前没有一起讨论学习的对象。要是和专科班同学住一起的话,我的学习成绩应该会更好。在第一学年结束后,魏大哥、李文会他们结业后离校,我和王刚搬到了邹海生居住的三楼宿舍。

在青岛求学近两年的时间,对当时青岛的印象是四个字:老、旧、脏、乱。老指青岛的老建筑多;街道也老,狭窄高低不平且弯弯曲曲。老建筑中欧式建筑居多,这是青岛被德国占领期间留下的文化遗产。旧也指建筑,这些建筑多是居民楼,建于建国后,建成年代较长,带有苏联建筑的风格,破损严重,没及时维修,看上去又破又旧。脏,一是街道脏,道路上的垃圾清理不及时,生活垃圾随手乱扔;二是海水脏,一九九四年五月在上海实习结束后乘轮船回青岛,当发现海水中漂浮着垃圾时,原来在天际边的小岛是崂山。城市中海水浴场的水质就更别提了。但是青岛的空气不脏,海风不停的吹肯定脏不了。在淄博,穿的皮鞋不管怎么擦鞋面都是一层土。穿的衬衣领袖半天就会有污渍。而在青岛,皮鞋穿一个星期依然锃亮,衬衣也会保持一个星期的洁净。但是青岛非常潮湿,不要说冬天,夏天洗过的衬衣,要不是放在太阳公公眼皮子底下,三五天都干不了;三是河水脏,青岛化工学院北面的那条好像叫海河的大河,就是条波浪宽的污水河。乱感觉到处都乱哄哄;火车站汽车站乱哄哄;街道上乱哄哄;市场上乱哄哄。人山人海的旅游景区嘛,这个不用我说。二零一六年我又去青岛,四个字中的旧、脏、乱几乎不存在了。在青岛参加美术校考的女儿对青岛的老建筑情有独钟,甚至想报考青岛的大学。但是后来高考分数实在是差强人意,填报志愿时没敢报青岛的学校。

  青岛的市区很大,毕竟是国内的一线城市,它的几个城区的建筑群都连在了一起。从青岛火车站坐上五路双客厢的公交电车,向北行驶一个多小时,在到达青岛化工学院之前,公交车一直在城市的楼宇间穿行。从青岛化工学院再往北走约半个小时到达沧口区,仍然是城市。青岛的这种城市布局和淄博完全不同,淄博市各区的城市没有连成一片,都是一座座孤零零的,中间被农村和农田隔开,像一座座县城。不是像,其实就是,只是名称不同而已。

青岛化工学院位于沧口区的南部边缘。沧口区虽然属于青岛市区,但和青岛那些著名的旅游景点距离较远。区内多是纺织厂、机械厂、化工厂等工厂企业,所以沧口区是工业型的城市,和旅游无关,这也许是青岛化工学院在沧口区的原因。现在的沧口区和其东面原属于崂山区的李村镇合并成立了李沧区,在多年的城市化进程中,青岛的市区比我求学时扩大了很多。

青岛化工学院的校园谈不上古色古香,唯一能称得上叫老建筑的是进校门就能看到的二层教学楼,仅此而已。校园的其他建筑可以总结为两新两旧。除了校门口那座老教学楼外,其他的教学楼新,学生宿舍旧。图书馆新,食堂旧。学校的校园并不大,因地形的原因也不是方方正正,没有具体的形状。在那个大学还没有扩招扩建的年代,几乎所有的大学校园都不大。因为招生的人数少,那个年代的大学教育也被人称为精英教育。现在任何一所正规大学的新校园都比老校园大出许多倍。一所大学无论从校园面积还是学生数量都堪比一个乡镇级别的街道办事处。

对青岛人的印象,首先是外观上的人高马大。再者是相貌上的男俊女美,大眼睛,大长腿,高鼻梁,海风滋润的白皙皮肤。近日看到一篇网文,说山东东部的胶东人基因里测出有白种人的基因,我认为还真有这个可能。长得高俊美，光靠海鲜的滋养作用有限，还得骨子里有好基因。

　　青岛人的性格比较直爽，说话大嗓门，打个牌都吆五喝六。可能与吃海鲜不缺营养有关，青岛人很聪明，他们的直爽不是莽撞，遇到不明原因的打架斗殴，人家才不会上前劝架呢。作为学生，我和青岛人接触并不多，当地的同学也很少。虽然老师们也算是青岛人，但是他们和我的同学们一样，来自天南海北，祖籍青岛的老师并不多。

　　我和王刚、邹海生居住的研究生楼位于学校的西北角，研究生楼共有四层，但只有三四层居住着学生，一二层被学校的幼儿园占据着。因为当时精英教育的原因，学院每年招收的硕士生寥寥无几。研究生楼这才有剩余的空房间让我们这些委培生居住。研究生楼还是一座男女混住楼。我第一年和王刚住的四楼没有居住女硕士生，但是第二学年搬到三楼邹海生的宿舍时，一墙之隔的旁边宿舍就居住着两个女硕士。研究生楼宿舍和普通的学生宿舍完全一样，宿舍内没有独立的卫生间，在每层的楼梯口处有公共的洗漱间和男女各一间厕所。男女混住也会导致发生一些尴尬的事情。比如发生在我身上的一件事，一天晚上我在盥洗间洗漱完毕后，拿着脸盆急匆匆往宿舍跑，结果没注意女邻居门上那醒目的 Welcome，推门而进。在和屋内美丽的女邻居对视了两秒钟后，我紧张地说："你在呢。"女邻居微笑着回答："在呢。""在就好。"我赶紧关门而出。不一会儿，我的宿舍里爆发出一阵哄堂大笑。

我们这些委培生和研究生相处的关系比较融洽，举一个例子，有一次，一个男研究生远方的女朋友来了，同宿舍的另一名研究生被赶到了我们委培生宿舍，一住就是一个星期，直到那个女朋友离开后才被允许回宿舍。

还有一件关于研究生楼印象深刻的事。从研究生楼上楼需要沿着楼梯折拐多次后直接到三楼或四楼，这导致我一到楼上就会掉向一百八十度。我居住的四楼和三楼的宿舍都是朝向北面的，但我一直觉得是住在不见阳光的南面。可是当我一上楼顶或者走出研究生楼，立马方向感又正确了。这个上楼就发生方位错误的现象，一直到我结业都没能改过来。

研究生楼的北面已经不是青岛化工学院的校园，是一个大型的纺织厂，青岛的纺织品曾经在全国有名，但是到了我去青岛学习时，青岛的纺织业已经开始衰退。在青岛的两年时间，研究生楼后面的那个纺织厂高大的厂房里一直没有机器的响声。晚上厂区里也是漆黑一片。只是在白天偶尔有几个工人来看守厂房。直到我离开青岛时，这个纺织厂都没有开工的迹象。

抛开繁重的学业不谈，来到美丽的青岛，激发了我爱玩的天性。每周的周日没有课，在完成作业的前提下，就是到处玩了。其实爱玩几乎是每个人的天性，特别是年轻

二 成长

人，我还不算特殊。大好风光莫负青春。第一年，因学习知识量大，学习经验摸索中，还不怎么出去玩。第二学年，学习的知识量相对少一点，学习规律也掌握了，于是第二年直接玩疯了。各地的大学在生源方面有一个共同的特点，每个省的大学都是本省户籍的学生多，青岛化工学院也一样，学生中山东户籍的学生占多数。"面朝大海，春暖花开"是青年人的梦境，青岛又是我国著名的滨海城市，因此一些在济南和淄博上大学的同学以及没考上大学已经就业的同学会联系我们，来青岛感受他们向往已久的大海。我们负责接待他们，找还有空床位的宿舍给同学们提供住宿，到食堂一起吃饭，领着他们去青岛著名的景点，到海水浴场游游泳，泡泡海水澡。说实话，俺那些淄博的同学大部分不会游泳，到海水浴场就是泡海水的。我也不会游泳，直到大二开学后学校开设了游泳课，一周两次外加周日到海水浴场练习游泳。连续学习两个月后，我终于学会了游泳。与在小河池塘游泳池里学会游泳的人不同，在大海里学会游泳的人知道怎么应对波涛汹涌。但是在大海里学游泳也会付出相应代价，海边的紫外线太强烈了。我的皮肤本来就黑，再经过太阳暴晒，直接被晒成了非洲黑人。皮肤也被紫外线灼伤，长出了一些小米粒大小的痣。专科班的同学根据我当时的外貌特征给我起了一个外号"泰森"，而那个"阿刘"的外号是同宿舍陕西同学给起的。

　　除了给来青岛游玩的同学陪吃陪住陪玩，再就是走亲访友了，说直白点，是走老乡会同学。老乡见老乡，两眼泪汪汪。同学加老乡，二话不用讲。大一那一年，淄博已经取消了限制复读生参加高考的政策，恢复到了以往的常态，张店四中考上大学的学生也比往常多了。青岛是当时山东省内少数拥有数所大学的城市，青岛化工学院、青岛大学、青岛建筑学院、青岛纺织学院都是本科院校。而在淄博，只有那所山东工程学院能招收本科生。青岛这些大学中，除了我们这帮在青岛化工学院的委培生，就是青岛纺织学院的高中同学最多了。这些同学可不是委培生，是正经八百通过高考考上大学的大学生，而且是女同学居多哟。青岛纺织学院理所当然的成为了我们经常光顾的学校。不要误会，我们不是去找同学谈情说爱的。青岛纺织学院吸引我们的不光是同学老乡，还有其秀丽的自然风光。当时青岛纺织学院的校园是新建的，位于青岛大学的东面，远离了青岛的市区。青岛纺织学院所有的建筑都是新的，青岛化工学院和它相比显得老气横秋。青岛纺织学院还是真正的面朝大海，依山傍水。从其校门往东二百米是原生态的大海，在海边徒手能捉螃蟹，捞虾米，而在青岛栈桥的沙滩上只能捡贝壳了。

　　青岛纺织学院的北面有一座险峻的高山——浮山，青

二 成长

岛市区内最高的山峰。一九九三年春花灿烂的某个星期天,在和青岛纺织学院的同学约好之后,我们几个青岛化工学院的同学来到了青岛纺织学院。同村老乡仇辉接待了我们,又叫上几个女同学,开始攀登浮山。路过山脚的康有为墓,经过半山腰一战时德日大战遗留的堡垒,两个小时后开始攀爬峰顶。陡峭的山路上一块巨石挡住了登顶的步伐,四处搜寻,终于发现悬崖边有一条仅能一人通过的羊肠小道。同学们互相叮嘱,谨慎前行,成功到达了山顶。大好河山,一览无余。海天一色的海洋,广袤的山丘,远方的城市,尽收眼底。同学们在凌乱的海风中拍照留念。翻开尘封的相册,凝视微黄的照片。抚摸着现在趋于光明的头顶,原来我也曾经那样的风华正茂。

人生好多美好的记忆是那时候疯玩留下的,现在想来当时绝对值得疯玩,反而是辛苦的学习对后来的我没有多大的用途。学习对我这个特例没有多大用,并不代表对别人没用。刻苦学习对正式的大学生不仅有用,而且会对未来的人生产生深远的影响。举个例子,大学时代的姐们孟同学,张店四中我们那一届的学霸。没有复读就顺利考上了青岛化工学院的本科,她比我早一年来到青岛。大学期间也曾经因为贪玩挂过两门科,但在至关重要的毕业时发奋图强考上了硕士研究生。硕士毕业后又考上了博士。现在她在山东一所著名的211大学担任硕士生导师。我的同学中，大部分工作稳定、生活安逸的同学多是跨过了高考这根独木桥，刻苦的学习获得了应有的回报。所以，学习对人生来讲是真的很有用啊！

除了见老乡会同学，也会和同宿舍或同班的同学到青岛的名胜景点去玩上一天，栈桥，八大关，崂山，樱花盛开的中山公园。有时候也会到背街小巷里去瞎逛。火车站附近的那一片老建筑，在去栈桥玩的时候也会去逛一逛。因为这一片作为建国前的建筑文物被保护了起来，所以没有被拆迁，避免了与济南老火车站同样的命运。对这些背街小巷熟悉到什么程度呢？在大学结业后，我只在二零零二年路过一次青岛。直到二零一六年春节后，大女儿去青岛参加美术校考，考试结束让我去接她回家。女儿告诉了我她住的旅馆名字和大致的位置。我坐动车去了青岛，从火车站下车后步行到栈桥逛了一圈。又沿着中山路北行，没向一个人问路的情况下，在这片老建筑中七拐八拐，就找到了那家旅馆。

有时候周日还会去位于学校东部、还是城市郊区的李村镇，李村镇虽然属于崂山区，但离着崂山还很远，根本没山可爬。去李村是为了看录像。李村有多家录像厅，这也是那个时代的特色。港片在那时正大火，什么"四大天王"、"八大王后"之类的明星家喻户晓。周润发、刘德华、周星驰这些人的许多经典影片是在那时候拍摄的。录像

二 成长

也多是枪战片和无厘头的喜剧片。当然也会有不太文明的限制级影片。但是我人生的第一节性教育课还真不是在录像厅,而是来自青岛化工学院在周末放的一部电影。学校为了丰富学生的业余生活,一般会在非考试期间的周末在开会的大礼堂放电影。看电影的学生挺多,几乎场场爆满。这一天和往常一样,大礼堂里坐满了来看电影的男女学生。电影是一部大陆和台湾合拍的影片,名字我已经忘记了,内容讲的是,两岸警察联手解救被拐卖到台湾被逼卖淫的大陆女子。电影刚开始很正经,学生们有的吃瓜子,有的低声说话,现场比较嘈杂。随着电影情节的深入,荧幕上突然出现了一对男女在进行不可描述行为的镜头,嘈杂的大礼堂内瞬间鸦雀无声,只剩下电影里那叫做不堪入耳的声音。这个镜头持续了约十多秒钟,学生们的安静一直保持到该镜头的切换。我想这绝对不仅仅是我的第一次性教育,应该也是那天在大礼堂观影的男女同学中绝大部分学生的第一次性教育。排除掉理工类大学男多女少的因素外,青岛化工学院的治学也是相当的严谨,谈恋爱的学生非常少。当时的学校教育对性这个词避之不及,哪里还会有什么性教育课。估计那天看电影的学生们被强行教育了一次后会导致荷尔蒙分泌不正常:啊,人世间除了美妙的数理化,原来还有更美妙的那个,爱情!

在当年游玩这方面,有一点一直搞不明白,在青岛求学近两年,几乎游遍了青岛的山山水水,包括有名的和无名的,但是我一次都没去过石老人,也许是和石老人无缘吧。

吃喝玩乐,说完了玩乐该说一说喝。青岛的自来水真的是太难喝了,淄博的自来水就已经够难喝的了,青岛自来水还不如淄博的。自来水中有一股说不出来的异味。这种异味不是海水的咸腥味,而是无法描述,也没有参考的味道标准。但是崂山的矿泉水的确好喝。当然了,喝怎么能用来说喝水呢,喝酒。我在青岛化工学院只喝过一次酒,喝的还不是鼎鼎有名的青啤。至今仅有的一次吸烟也是同学强塞进我嘴里的。这次喝酒是在学业已经完成,即将离开青岛化工学院大概前一周的时间。十几个感情要好的男同学在学校附近的小酒馆喝的酩酊大醉,狂吐不止。之后的两三天都还反胃,仅此而已。

说完了喝再说吃。青岛大虾在今天名扬天下,不过成了个贬义词。从三线城市的淄博来到一线的青岛,立马就感受出来了,青岛吃的贵呀。比如,淄博的肉火烧两毛钱一个,青岛的肉火烧已经是四毛钱一个了。东方化学厂每月给我们每人一百二十元的生活费,即使节省着花也不够用。不要嫌厂子给的生活费少,当时东方化学厂的普通职工干足三十天班,包括大小夜班的情况下,满勤的工资才二三百元。而且这个工资在当地的乡镇和村办企业里还算是高工资。钱不够花那只能省着点花,学校食堂的饭菜虽然不好吃,但是比外面的小吃店要便宜。食堂里面鱼肉类的菜对我来讲还是贵,一般都是吃几毛钱一份的青菜,十天半个月才舍得花两元钱买份肉菜解解馋。即使是周末出去玩,也极少去外面的饭店吃饭,多是带包方便面和一瓶水干啃。我印象里除了那次喝酒外,只在外面饭店吃过一次,还是来青岛游玩的舅家大表哥和二表哥花的钱。虽然人在青岛,但青岛著名的海鲜因为昂贵和我们这些穷学生几乎是无缘的。

居住在研究生楼有一个好处,电路的保险丝比较粗。出于安全的考虑,学校是绝对不允许学生在宿舍内用电炉子做饭烧水的。而研究生楼的管理员默许我们可以在宿舍内使用电炉子。因为嫌麻烦,我们自己做饭的次数并不多。有一次青岛纺织学院的同学来玩,他带来了一袋自己从海边礁石缝里捉的小螃蟹。我们用油煎一煎,这已是难得的美味。还有一次,同楼层的一名委培生同学到离学校不远的海边钓鱼,这里的海是污染较为严重的胶州湾。同学回来时端着半脸盆的胖头鱼。这种胖头鱼只有十厘米长,长着一个大脑袋,身上的肉很少,属于能在污水中生存的鱼类。胖头鱼还很好钓,有时候鱼钩上都不用挂鱼饵,把空鱼钩放海里,憨态可掬的胖头鱼也会咬钩。但胖头鱼并不好吃,放盐腌一腌,再用油炸酥,有肉吃已经不错了,不能嫌弃肉少。

　　走出青岛化工学院的校门右拐不远,在街口处有一家烤鸡店,这里的空气里弥漫着浓郁的烤鸡香味。每次经过街口时,我都会驻足使劲喘几口气。烤鸡是买不起的,免费的香气可以多吸几口。回家时把这件事告诉了二姐,于是在每次寒暑假回家后,二姐都会买上一只淄博当地有名的南源烤鸡给我解馋。

　　很多的大学生在校园里会谈一场轰轰烈烈的恋爱,可我没有。没能在大学里谈恋爱的原因除了青岛化工学院学生男多女少、狼多肉少的因素外,还有我的身份——山寨大学生。我那自持清高的品德让我脑海里时常漂浮着一句格言:"人贵有自知之明"。到了我这里,该格言加长了:"人贵有自知之明,我不配和女同学谈恋爱。"我在的有机化工专科班虽然女生少,但不是所有的女同学都是"恐龙"级别的,也有漂亮滴。我们班有一位青岛本地的女同学,无论身材还是长相都是标准的青岛女孩,这已经是顶级美女的标准,大家可以参考某位青岛的著名女明星。可我这位明星级别的女同学,在性格上和青岛人来了个一百八十度的大转弯,性格竟然比我还要内向的多。害羞到几乎不敢和男同学说话,要是有男同学死皮赖脸的去追求,她能直接吓哭。结果,俺这个如花似玉的女同学在"狼群"中呆了两年依然是孤身一人。

二 成长

　　我也并非没有心仪的女同学,我这人还是挺好色的,遇上符合我审美标准的女孩子就会心仪。第一个心仪的女同学是一名门当户对的委培生——朴同学。朴同学不仅有着春香般美丽的面容,还有一双婴儿般乌黑的双眸。可人家是吉林延边的,远隔千山万水,而且民族还不一样。更重要的是,人家当时有男朋友了,所以,没有谈的可能。心仪的女同学还有前面提过的邻居女研究生,该同学拥有端庄的容貌和白皙的肤色,是美丽与智慧的化身。但是,我一山寨大学生,人家正经八百的硕士研究生,还有年龄上的差距。更重要的一点还是,人家已经有男朋友了。还是那句话,没有谈的可能。那有没有女同学倒追我呢?当然有。虽然现在的我带着二姑娘出门时,会被和闺女同样大的孩子叫爷爷,但是当年小伙还是挺帅的,闪眼的光芒也会吸引到女同学的目光。追我的女同学是一名体育专业的本科生,而且这位女同学长得还不错,在青岛化工学院的女生中属于上游。当这个女同学追我时,我选择了拒绝。我脑海里依然漂浮着那句加长的人生格言:"人贵有自知之明,我不配和女同学谈恋爱"。我一个山寨版的大学生,结业后是要回到乡镇企业,回到农村,继续过着面朝黄土背朝天的农民生活,求学的两年经历只会是我脑海里一段美好的回忆,怎么能去影响那位女同学光明的前途呢。追我的我不敢要,我心仪的追不起,怎么可能会有什么轰轰烈烈的大学爱情。

在学校,还曾经跟一位同班的女同学闹了一次误会。新建的图书馆是青岛化工学院的标志性建筑,高大明亮的自习室是学生们学习的好地方,当然我也喜欢去图书馆学习。一次去图书馆时看到一位同班女同学自己一个人在学习,我这人喜欢凑热闹,一个人学习肯定不如两个人学的好,我直接过去打了个招呼坐到了女同学的旁边,一起探讨学习的知识点。这样连续几天后,老孟善意地提醒我,班里有传言我跟那个女同学好上了。哎哟喂,难道男女同学之间不能有纯洁的友谊吗?我高中同桌还是女同学呢。好吧,两者没有可比性。既然有传言了,只能避嫌了。从此不能去高大明亮的图书馆学习了,只得去破旧的二层教学楼接受历史的熏陶。

到了大二的下半年,我回家的次数多了,隔上两三个月就回家一趟,因为要回去相亲。我喜欢乘坐中午青岛至西安的那一班火车回家。现在的动车只要一个半小时就能从青岛到达淄博,但那时候的火车需要四五个小时。在淄博火车站的东面有一个叫湖田火车站的小车站,这个车站比淄博火车站离家要近得多,但是客车是不在这个车站上下客的。我坐的这班列车会在这个车站停留三五分钟,等待对面一列火车驶过后再开车。虽然停车,但是列车是不开门的。我会在停车时从车窗爬下列车,在夕阳的照耀

二 成长

下,步行两公里回家。虽然遗憾的事是没有大学爱情,但是谈恋爱的年龄在那里摆着,有亲戚朋友来家里说亲了。谈起相亲得先要说我托姑姑的那次说亲,说亲对象是前面内容我提到的那个初中女同学。姑姑闪电般给了回复:不行,人家是城市户口。城市户口还能成为拒绝相亲的理由?在那个年代不仅能,还理直气壮。不需要把时间向前推很多,在我相亲的二十世纪九十年代初,户口的不同是摆在谈恋爱的男女之间一道难以逾越的鸿沟,极少有两个不同户籍间的爱情。城市户口是农村人无比羡慕却高不可攀的空中楼阁。到了二十世纪九十年代的后期,城市户口的获得条件有所松动,我的一位农村户口的婶子,在我老妈的帮助下把她和我表弟的农村户口改成了城市户口,事情办成后,婶子一家人的高兴劲就甭提了,对我妈也是千恩万谢。前几年这位婶子迫切的想把户口再迁回村里改回农村户籍,过年时婶子恨恨地对老妈说:"当年被你的有本事害了,让俺二十多年没领过村里发的福利和养老钱!"我的那位女同学虽然家在农村,也是在农村上的中学,但她的父亲不是民办老师,是正式的公办老师,她的户口随父亲是城市户口,而我的户口随母亲是农村户口。既然有难以逾越的鸿沟,我脑海里漂浮的那句人贵有自知之明,跑哪里去了?能不顾鸿沟让姑姑去说亲源于底气,我的家庭状况比普通的城市人家还要好点,当城市里的一家

69

人挤在六七十平米的楼房里时,我家住的是近二百平米的二层小楼,这才是我突然不"贵"了的原因。更何况户口这道鸿沟只是难于逾越,并非不可逾越,我的一位小学同学就找了城市户口的媳妇。只要有足够的真爱,任何的沟壑都无法阻挡。而我对我那位女同学只是一味的单相思而已,女同学对我根本不感冒,户口问题是用来拒绝我的完美理由。这也是我唯一的一次主动托人说亲。

女同学拒绝了我的说亲,而好几个托人来我家说亲的女孩子也被老妈一口回绝了,我连人家的面都没捞着见。正式相亲的只有三个。第一个女孩和我互相不对眼。第二个女孩相亲后说我傻。最后一个女孩子长得不算丑,性格直来直去,最重要的一点是人家没嫌弃我傻里傻气,那就和这个女孩谈谈吧。后来这个女孩成了我的老婆。

谈完了情感,两年的求学已接近尾声,马上就要结业了。一九九四年四月的一天,有机化工老师和担任班主任的化工工艺老师领着我们专科班几乎全体的同学到上海天原化工厂实习。

我们师生数十人下午在青岛火车站坐上青岛至上海的列车,经过一天一夜的行驶,跨过江水和黄河一样浑浊的长江,在黑夜降临时到达了上海火车站。接着乘坐公交车来到中国纺织大学,入住在该校的学生公寓。

在去往上海的火车上还发生了一件后来让我浮想联

二 成长

翙的事情。我们师生因为是在始发站青岛坐的火车,每个人都有座位票。那个年代的火车是非常拥挤的,现在的年轻人想象不到当时的火车车厢内会拥挤到什么程度。车厢的过道和连接处站满了人,甚至有人会金鸡独立,因为连两只脚落地的空间都没有。列车到站停车上人时,车站的工作人员会在人群的后面使劲的把人推进车厢,甚至帮助旅客从车窗爬进车厢,来保证尽量把所有的旅客送上火车。别说车厢的过道,连低矮的座椅底下都有人。所以说座位票很难买到,即使是从始发站上车,也不一定会有座位。

当列车到达淄博站时已是午夜,从淄博站上车的乘客中有两个男乘客挤到了我的座位旁,站累了就蹲一会儿休息休息。我早上醒来,看到那两个人还站在我座位旁,一脸倦容、疲惫不堪。我站起身让那个年龄大的中年人坐在我的座位上,疲倦让这个中年人一坐下就睡着了。几个小时后,中年人醒来,赶紧起身让我坐回座位并道谢。和中年人交谈得知,他们二人是汇源果汁厂家驻上海办事处的代表,中年人是上海办事处的经理。这位经理得知我们是要去上海实习的学生时,直接提出我毕业后跟着他在上海工作,为汇源果汁开拓市场。我告诉了他我委培生的身份,人家并不介意我是名假大学生。我仍然拒绝道:受人之托忠人之事,我是必须要回东方化学厂工作的。经理给了我一张他的名片说:"以后电话联系,随时欢迎。"列车到达上海,下车时和两人告别,以后再也没见过那位经理。经理的名片被我随手一放也不知所踪。至今我偶尔会因为这次相遇去幻想,如果当时我背叛了王厂长,跟着这位经理在上海卖果汁,现在是不是应该坐在上海的高楼里,望着窗外这座国际化大都市的灯火阑珊,惬意地喝着咖啡呢?

青岛是国内一线城市,上海是国际化大都市,两者不是一个级别。青岛的"老、旧、脏、乱",上海几乎只剩下了一个"旧",这个"旧"指上海的老区和黄浦江的外滩。而新建的徐家汇则是和美国纽约一样,摩天大楼耸立,道路宽阔笔直,但还没有车水马龙。老区的建筑虽老,但街道整洁,井然有序。市民素质也高,说话哝哝越语,温柔亲切。公交站台排队上车,不挤不乱。人们的思想也前卫,青年男西装革履,发型三七。青年女温文尔雅,落落大方。老太太浓妆艳抹,衣着大红大紫,一步三摇。老爷爷嘛,屁颠屁颠的跟在老太太后面,给老太太扇扇子、提马扎。

中国纺织大学是东华大学的前身,学校离我们实习的上海天原化工厂并不远,大概三四站公交车的距离。在实习不忙的时候,我会和几个同学走着去工厂,这样能更深一步的接触和了解上海。天原化工厂的旁边是著名的苏州河,虽然有名,但是河水污浊、臭气熏天。所以说"老、旧、脏、乱"只是相对的几乎没有，不是绝对。大名鼎鼎的黄浦江虽然没有漂浮着垃圾，但水质同样不敢恭维。

　　我人生中的很多第一次都发生在了上海：第一次站在电视剧《上海滩》里的街头。第一次吃到一种叫茭白的蔬菜。第一次吃到书本中记载的神奇水果枇杷。第一次见到做扇子的芭蕉树。第一次见到国宝大熊猫。第一次听八哥说人话。第一次知道一天可以吃六顿饭。第一次在上海交通大学校门对过的饭店里吃甜味的炖排骨。第一次见到传说中的小强，成群的趴在衣柜里，在一声尖叫中逃得无影无踪。第一次明白化工厂也可以非常的干净整洁。第一次知道还有豪华商店不允许穿拖鞋的人进入。第一次见到高耸入云的东方明珠塔，以及让人叹为观止、单孔过江的黄埔大桥。第一次来到荒草野坡的浦东新区。第一次在黄浦江边的地下通道里，被一大群幼儿园小朋友级别的小乞丐追着要钱。第一次见识到以为价格标错标点符号的一件衬衣能卖几千元。第一次给老妈买皮鞋，嗯，买小了。第一次坐在过山车里上下翻飞。第一次拥抱女同学，因为女同学坐在过山车里被吓得下不来了。第一次见到江河入海的泾渭分明。第一次看到黄浦江口的百船齐进。第一次见到海豚跟随着轮船跳跃嬉戏。第一次因为头发太长，上轮船时，被港口的警察当成了盲流严加盘问。人生的第一次，往往被清晰地印在脑海里。

花开花落的思念

两周的实习一晃而过,要回青岛了。回青岛的前一天,我和小学弟来到了物价贵到让人怀疑人生的南京路和繁华的上海外滩。在曾经以娱乐闻名于世的上海大世界门前拍照留念。第二天,打包行李和同学老师们在上海港坐上轮船打道回府。经过两天一夜的海上漂泊,双脚踏上了那个熟悉的、永远都打扫不干净的青岛街道。

在二零一六年我再次来到青岛时,青岛城市的繁华与进步,已经和我实习时那个年代的上海不分伯仲。这次的实习经历是我至今为止唯一的一次去上海,从此再没踏上过上海滩。

我一回到青岛,立马打电话通知女友,趁我还在青岛,赶紧来玩。一旦我回了淄博,还不知道猴年马月能再来青岛呢。事实证明,在我结业离开青岛后,的确是经过了多年的猴年马月后我才又一次来到了青岛。接到通知的女友立刻行动,和大姨姐一起坐火车来到青岛,我安排她们住在了我宿舍对门的空宿舍里。接下来的三天,我领着她俩在青岛的大好河山中游山玩水。女友的到来惊动了专科班的同学们,担任班主任的化工工艺老师也得到了消息。班主任热情的把我叫到她的办公室,指着我的鼻子训斥道:"你正事不干,毕业论文不写,倒谈开对象了。还要不要毕业证了?"我委屈地看着老师,还有比谈对象更正经的事吗?再说了,青岛化工学院无论如何是不会给我一本毕业证的。虽然心里这样想,嘴上还得说:"好的好的,请老师放心,马上改正!"

对化工工艺老师的印象,一是老师在一次做实验时受了伤,脸上有一道很大的疤痕。二是她给我们上课时说的名言:屎的臭味来源于食物的香味,将食物的香味浓缩几百倍就是屎的臭味。在这样彪悍的班主任面前,不好好学习只有挨骂的份。

从班主任的办公室里出来,立马找到同学杨涛:女朋友你帮我领着去玩吧,我先办正事。杨涛,高中同学,同级不同班。高中时我俩不熟,只记得他喜欢到各个班级去串门。他也是张店四中当时所有学生中唯一一个张扬地把头发烫成小卷毛的时髦小青年。高中毕业后杨涛没有选择复读,由一家村办企业派至青岛化工学院学习。杨涛还是委培生中的特例,其他的委培生都是两年制专科培训,而杨涛是唯一一个跟随本科生学习的四年制委培生。在学习了两年时,杨涛意识到,当我们这批同学结业后,他将还得孤独的在青岛化工学院呆上一年。杨涛找到他的班主任,强烈要求转学到我所在的有机化工专科班。于是在我上大二时,和杨涛成为了同班同学。所以杨涛又是唯一一个学习了三年的委培生。我开始写毕业论文,杨涛领着女友和大姨姐又玩了一天,第二天把二人送上了回淄博的火车。我又昏天黑地的忙活了五六天,毕业论文上交,大学学业完成。没有毕业答辩吗？专科生没有。剩余的大学时光只有几天了，从班主任手中自豪地接过那张裹着红绸布的结业证。在同学的毕业纪念册上挥笔留念。在校门口的二层教学楼前，九二级有机化工专科班的全体师生意气风发地拍了纪念照。一九九四年六月的一天，一辆车门上印有"张店东方化学厂"的大头车载着我、王刚和老孟三人从青岛回到了淄博，近两年的求学生涯正式结束。

现在的大学依然存在着委托培养生，但现在的委培生和我们这些当年的委培生已经完全不是一个概念。现在的委培生是参加高考后成绩合格、被大学正式录取的大学生。他们由地方政府出资学习，毕业后由相关部门指派到某一地区或某一领域去工作。目的倒是和我们一样，是为了弥补一些地区或领域专业人才的不足。免费师范生、免费医学生、免费农学生都是当今典型的委培生。而我们这些当年没有大学毕业文凭的委培生，绝大多数人也注定了会被快速进步的时代所淘汰。在我这届委培生结业后，在青岛化工学院学习的委培生已经寥寥可数。大学也开始了变革，大规模的校园扩建和招生扩招开始了。高中考大学的难度也大幅度降低。在一九九八年左右，已经有大学生到张店东方化学厂就业了。

三　波　澜

三 波澜

回到淄博,又回到周而复始、枯燥无味的工作和生活中。在工厂工作的朋友都知道,工厂的生产会不间断的保持一定的周期,少则数月,多则数年。只有在机器检修、设备故障、原料缺乏、产品积压的情况下才会停止生产。东方化学厂也是如此。化学反应需要连续性,一旦反应意外停止会产生大量的废品。所以生产设备一旦开动起来,工人们会在白班、小夜班、大夜班中轮换倒班。每天工作八小时,没有周六周日的休息,至少维持生产几个月后,轮班才停止。检修十天半个月后,下一个数月的生产周期又开始了,年年如此。时间一长,激情被消磨光,只剩下了厌烦。在乡镇企业工作的多是农村人,乡镇企业和国营企业相比,工资低、福利少、防护差、工作累。农村还都种着庄稼,职工们在工作之余还要从事繁重的农活。所以,在乡镇企业工作比在国营企业工作要辛苦得多。这也注定了在乡镇企业工作的人,他们的身体更容易出现健康问题。

王厂长对我们三人的工作安排很实际,先从生产一线最底层做起。老孟在车间里干化验员。我和王刚是操作工,后来又在车间当班长。一九九六年,我和王刚在职称方面已是助理工程师,担任车间主任。我只担任了半年的车间主任就自动辞职了,原因有两个:一个是之前谈到的性格因素,不能很好的处理上下级关系。第二个是我的身体出现了状况，频繁的剧烈腰痛，无法再胜任车间内繁重的工作。乡镇企业的车间主任不是坐在办公室里悠闲的喝茶看报表，而是要和工人一起劳动的。王厂长根据我的要求，把我安排在检验科从事化验工作，我也因此在化学检验方面获得了丰富的经验。

一九九七年的春天，我结婚了，结婚对象还是原来的女友。从一九九四年到一九九七年，女友在干嘛呢？女友忙着上学。我前脚大学结业，女友后脚上大学去了。

女友在高中毕业后，在一家村办的纺织厂工作，是一名纺织挡车工。在我从青岛回到淄博后，在老妈的要求下，女友参加了成人高考，考上了山东中医学院。因为医学教育的特殊性，虽然是成人教育，却是全日制学习，女友因此辞去了工作。这一年通过参加成人高考考取这所大学的淄博籍学生挺多，这所大学专门在淄博租赁了教室，成立培训班，让老师专门从济南来淄博教授这些学生，女友也免了要去济南学习。

前面讲过，乡镇企业非常忙。即使女友在离我并不算远的张店城区学习，但在她学习的两年时间里，我一次也没有去培训班找过她。以至于女友告诉她的同学她已经有男朋友时，她的同学都不相信，以为这是女友拒绝男同学追求的托辞。直到结婚时，他们才知道女友没有撒谎。

女朋友上大学连去看都不看一眼,这样的男友是不是够奇葩。

有的朋友可能发现了一个现象,我家怎么什么事都是老妈做决定。老爸喜欢做一个啥事都不想管的甩手掌柜,老妈则是管天管地所有事都得管的管事婆。一般在这种女权家庭长大的男孩子性格上往往会有女性化的倾向,会成为说话温柔、动作扭捏、关注容貌,像今天流量网红的男明星一样描眉画眼、擦脂抹粉的"伪娘"。我的性格里却没有这些,依然成长为五大三粗的老爷们。性格上的内向,虽然与从小被老妈孜孜教导要做一个被人夸赞的老实孩子有点关系,但更多的因素与伤病缠身有关。当我安静地待着一言不发时,多半是身体的某个部位又被病痛折磨了。

女友大学毕业时学校改名为山东中医药大学。大学毕业后,女友一直在张店区中医院实习。我们在一九九七年那个春暖花开的季节结了婚,婚后老婆又坚持到快要生孩子时才停止了实习。实习时虽然有工资,但非常少,仅够饭钱而已。我调到检验科后工资也不高,好在农村的花销不大,又有老妈勤俭持家的习惯。老百姓嘛,日子过得去就行。

这时候的老爸已经从山东铝业公司内退,又被朋友请去管理一家小机械厂，工资不低。老妈也退休了，可老妈的退休还真不能叫退休，因为没有退休金。老妈在沣水镇政府工作了十几年，在即将退休的前一年，镇政府将部分在此工作的非在编人员进行了分流，老妈也在分流之列，去了一家叫沣水建安公司的乡镇企业工作。一年后，老妈到了退休的年龄。沣水建安公司根据这家企业对退休人员的安置办法，一次性发给老妈四千多元钱的退休补贴，老妈光荣的退回了家，准备接受更加光荣的任务：看孙女和照顾病重的儿子。

二零一二年，社保部门允许已经达到退休年龄却没有退休金的老人在补交社保费后可以领取退休金。已年近七十岁的老妈自掏腰包一次性补缴了五万多元的社保费，从此有了每月近六百元的退休金。老妈说，感谢国家出台的为老百姓着想的好政策，圆了她多少年想拥有退休金的梦想。

时间进入一九九八年，刚过了春节，我的腰痛突然加剧，直接严重到快要无法起床的地步。之前发生的多次腰痛，只需贴一贴膏药，在家卧床休息两三天，病情就会缓解，又可以继续工作或干农活。而这一次，无论怎么卧床休息都没有任何好转的迹象，老妈决定带我去大医院做检查。向东方化学厂请了病假，当然不管是什么假，只要不

三 波 澜

上班,乡镇企业是没有任何工资的。那时候也不给交医疗养老等社会保险,看病得自己掏钱,没有单位报销这一说法,农民终归是自食其力的农民。

还没等我去医院,老婆先我一步去医院了。一天的下午,老婆感觉有些腹痛,老妈就陪同老婆坐上公交车去市里的医院做检查。因距离预产期还有一周的时间,我没有和老婆一起去,在家卧床休养。当天彻底黑下来时,在张店工作的大姐打来电话,让我赶紧去医院,老婆要生了。往返城市和农村的小巴公交车只在白天开,我忍着剧烈的腰痛,冒着冬夜的寒风,骑着自行车赶往医院。一进病房的门,只见老婆怀抱着一个小婴儿,我去晚一步,老婆已经生下女儿了。在医院待了片刻,我还得赶紧回家歇那快断了的老腰。大姐二姐齐上阵照看女儿和老婆。两天后,老婆出院回了家。老婆前脚出了医院,我后脚又住进了一家骨科专业医院,十天后女儿的重要节日"送米"我都没能参加。检查结果出来了,腰痛的原因是严重的腰椎间盘突出症,严重到什么程度呢?腰部总共有五节椎间盘,正常的腰椎间盘突出症只有一节腰椎间盘损坏,也只需损坏一节,就足以疼得让人要命。我的腰椎间盘坏了三节,也就是说我的腰椎间盘大部分已经损坏。在家坐月子的老婆知道结果后,意识到她的丈夫从此以后可能会成为了一个手无缚鸡之力、无法从事体力劳动、却不能领残疾证的废物时,搂着嘤嘤哭泣的女儿痛哭流涕。从此我漫长的求医之路开始了。

在骨科专业医院治疗一个月后仍然没有效果,无可奈何的医生只好让我出院。着急的老妈发动所有的亲戚寻找各种各样治疗腰突症的医院和方法。在一九九八年这一年里,我几乎成了试验品,用来检验各种药品和治疗方法在治疗重度腰突症上的效果。实验过程足够可以完成一篇博士论文,可我非但没得到一分钱的试验费,反而花了老妈巨量的钱。从几毛钱一贴的麝香壮骨膏到几百元一贴的地区文化遗产著名黑膏药,从骨科专业医院到知名生活杂志上刊登的某医院号称世界先进的三维治疗术,从盲人按摩到磕头烧香求神拜佛,几乎所有能想到的、能用的办法都用上了。结果是我连起床吃饭都做不到了,老妈像喂孩子一样一勺一勺往我嘴里塞饭。在激素和缺少运动的情况下,我的体重达到了一百八十斤,成了一个翻身都困难的巨婴。在寻找治疗方法的过程中,一些亲戚们帮了不少忙,去济南某医院做治疗时,大舅家的大姐夫和小舅家的大姐夫一起开着小舅的桑塔纳轿车负责接送。后来又去临淄区的一家诊所治疗时,小舅又亲自开车多次接送。我这次生病给亲戚们增添了不少的麻烦。治疗的结

三 波澜

果也让每个关心我的人绝望了,知道我病情的人差不多都得出这样一个结论:刘艺吉从此以后彻底毁了!我也认为我没救了,在经过各种各样的治疗后不再抱任何的希望。我老老实实地躺在床上过起了安逸和心烦的生活。

某天,躺在床上的我突发奇想,平时经常听老爸老妈谈起爷爷青年时代创业的故事,反正是百无聊赖,何不以爷爷为原型,创作一部记录民国期间淄博地区民族工商业发展的长篇历史小说呢。说干就干,我艰难地翻个身,让老妈给找出一本青岛化工学院学习时用的实验记录本,趴在床上开始了写作。十年后,知名文学网站《起点》中文网上出现了一部叫《中华小城》的长篇历史小说。

老妈看着趴在床上乱涂乱写的我无计可施。似乎只剩下最后一种方法能让她的儿子重新站起来,这种方法就是做手术。在那时候用手术治疗腰突症刚刚开始,村子里也有人尝试了这种治疗方法。我的一个小学老师的丈夫,在手术治疗后发生了严重的后遗症,生活虽然能自理了,可腰弯成了接近九十度,再也无法直立行走。老妈也犯怵了,如果我做了手术,也和我老师的丈夫一样了,虽然能走路,但这样的走路姿势,年纪轻轻的我以后还怎么见人?还不如在床上趴着呢。算了,先不做手术了,趴着再说吧。后来的事实证明,老妈的这个英明决定避免了我陷入更高的风险中。

　　在魔幻小说中,当一个人陷入绝望时,天上会发射一缕金光,这时候高能要出场了。当我陷入绝望时,魔幻小说里的那一幕也出现了,不过没有金光,高能直接登场。高能是谁呢?当我到处奔波四处求医时,好像一直没出现老婆的身影,心一狠脚一跺回娘家了?没有。在女儿六个月之前忙着看孩子,女儿半岁后,老妈接过看孩子的重担,又给老婆找了一家本镇村庄的卫生室实习去了。为什么没直接就业呢?医生这个职业在农村还真不好找工作。老婆在别的村子卫生室实习是没有工资的,也没有任何的补助,是纯粹的白帮忙。老妈不想荒废老婆辛苦学来的医学,即使是在卫生室白干活,也不能去从事其他挣钱的工作。但老婆的这次白帮忙竟然起到了意想不到的大用途。

　　在老婆实习的那家卫生室里,有用中医技术治病的中草药。很多农村的乡村医生是从原来的赤脚医生干起,所以许多农村的卫生室都有放置中草药的中药柜。老婆在上山东中医药大学时学的专业是中医,大学毕业后又在张店区中医院跟着医院的中医老专家实习了一年多,用中医技术看病治病没问题,只是实践经验少了些。看着躺在床上被越治越残的丈夫,老婆终于决定对我出手,用她积累的中医技术给我治病,反正是死马当活马医了。老婆翻看

三 波澜

了她上大学时的中医书和实习时治疗骨病的各种方剂,抬手刷刷刷开出了一张中药方。老婆开处方但拿药的钱还得让有钱的老妈出。老妈拿过药方一看,蝎子乳香白花蛇,这方子老贵了！再贵也得吃,不能放过任何一根救命稻草。老婆在卫生室直接拿草药,在工作不忙的时候把中药熬成汤带回家,我负责咧着嘴把难喝的药汤灌进肚里。半年过去了,老妈掐指一算:药费竟然花了一万多块钱！服药的效果如何呢？看着已经能笔直地坐在桌子旁吃饭的我,嗯,一万多块钱没有白花。有了康复的第一步就看到了复原的希望,喝药和锻炼成了我的每日所需。没能牵着肉嘟嘟的小手教牙牙学语的女儿学走路成了我的遗憾。

时间进入一九九九年春,我已经恢复到生活基本自理的程度,我的康复是真正见证奇迹的时刻。至今为止,我还没见过一个和我一样严重的腰突患者。从此以后再见到那些疼得哭天喊地的患者,我总是自信地安慰他们:没什么啦,你的病和我相比小菜一碟啦,看看我都好了。着急喝不了热粥,慢慢来早晚都能康复滴。虽然说是小菜一碟,但腰突症的疼痛是神经痛,最典型的神经痛是牙痛,老话讲:牙疼不算病,疼起来能要命。牙疼只是小神经痛,而大神经疼的腰突症痛到让人起不来床就不难理解了。至于中药为什么能治疗连手术都难治愈的腰突症,真的是很难解释清楚。大家看过电影《奇异博士》吗？只能用神奇来解释了。

一九九九年夏天，随着病情的进一步好转，身体已经恢复到勉强能上班的程度，但仍然需要在上班时适当的休息。王厂长还是安排我在检验科工作，毕竟化验员这份工作比车间的操作工要轻松一些。在检验科的烘干室里，有一张两米长的老式木头联椅，主管检验科的高大姐默许我在完成具体的化验工作后可以在联椅上躺着休息。要是不让躺着休息的话，上一天的班还真是难以坚持下来。上班时骑着自行车在路上要走半个小时，自行车压到的路面上每一个坑引起的颠簸，都会让我腰间疼痛一下，还好这个疼痛是可以忍受的。在单位坐着时，我也是像军人一样笔直的坐姿，其实比军人更笔直，长时间的卧床让我脊柱正常的生理弯曲没有了。在骨科专业医院治疗时，医院采用了一种从尾骨往脊柱骶管内注射消炎药和激素的方法，这种治疗方法让我的尾骨胀麻了十几年。而那个号称世界先进技术的三维治疗术，纯属是拿着病人做实验，让我大腿的股骨头受了损伤。这些求医的经历让我对医院和医术有了独特的看法，实在是不敢恭维。上班中午休息时也不能回家了，和车间的工人们一起吃食堂的大锅饭，饭后在联椅上休息，等待下午的工作。当每天都需要忍耐病

三 波澜

痛才能活着时,是考验性格是否足够坚强的时候。

一九九九年秋,王厂长给我增加了一份工作,在化验工作完成后,协助厂里聘请的高级工程师赵工做试验,试验主要是研究新产品和原料的性能。也正是和赵工做试验的这个时期,我意识到东方化学厂的主打产品面临着升级换代的危机。我对我未来的期望也降到了低值,拖着半残的身体,从事着还能干得了的化验工作,挣着微薄的工资,一直到六十岁,人生只能如此了。可认为如此就会如此吗?想简单了。身体在一步步康复,我已经恢复到半个成年人的健康水平。在没有任何征兆下,我的事业,直接说工作好了,如同打了鸡血般满血复活,突然间开挂了,用当今时髦的一句话,我像一头猪站在了风口上,被吹得飞了起来。

这一天我在化验室做试验,东方化学厂聘请的另外一名工程师李工找我,让我帮他一个忙。李工帮助淄博市某个县的一家单位上马了一个化工项目,这个化工项目生产的产品名叫固体聚丙烯酰胺,也是我当车间主任时那个车间生产的产品。聚丙烯酰胺用途非常广泛,可用于油田采油助剂、增稠剂、胶粘剂、污水处理剂等。也因为用途广泛的原因,聚丙烯酰胺在化工界被称为"工业味精","百业助剂"。但是这些称呼容易让人产生误解,以为聚丙烯酰胺只是一种产品,各行业通吃。其实聚丙烯酰胺只是统称,有几十种不同的产品,用途也各自不同。李工给人家上马的产品名叫高分子量阴离子固体聚丙烯酰胺,和东方化学厂生产的聚丙烯酰胺产品是一样的,也是聚丙烯酰胺中最大众化的一个产品,用于油田采油助剂和增稠剂,属于技术简单、投资少、见效快的小化工项目。也因为这些因素,当年淄博地区生产聚丙烯酰胺的小化工厂上马了好几家。而东方化学厂的拳头产品液体丙烯酰胺是聚丙烯酰胺的主要原料。这时东方化学厂生产的液体丙烯酰胺的产量做到了山东省第一,大有市场一统江北的趋势,但危机也开始了。

  李工所以找到我,是因为他给上项目的那家化工厂生产的聚丙烯酰胺遇到了质量问题。李工是东方化学厂液体丙烯酰胺这个产品的引进人,在液体丙烯酰胺方面无论生产工艺还是产品技术都非常熟悉。但他对聚丙烯酰胺这个产品的技术方面却有所欠缺。虽然他从技术上有能力上马聚丙烯酰胺项目,但是一旦生产的产品出现质量问题时却无从下手解决。我作为聚丙烯酰胺车间的主任,熟悉其生产工艺、产品和原料的质量标准是硬性要求,能够轻松解决生产中出现的各种问题。所以说,李工是理论派,我是实干派,这才是李工找我的原因。

三 波澜

都是一起工作的同事和朋友，我爽快地答应了李工的请求，坐上了这个厂家来东方化学厂拉原料的大货车，去了这家位于淄博市北部的化工厂。在这个化工厂里忙活了一天一夜，解决了其产品出现的质量问题后，该厂领导派车把我送回了东方化学厂。从这时开始，一个被叫做刘工的人，让淄博地区一些生产丙烯酰胺和聚丙烯酰胺的化工厂领导所熟知。王厂长后来又给我增加了一项工作任务，跟随厂里的业务员出差，到客户厂家做产品的售后服务和技术指导。

一九九九年深秋的一天，爸爸青年时代上学的职业技校的同学及同事董叔来家中做客，董叔时任一家电解铝厂下属劳动服务公司的经理。虽然是大型国营企业下属的劳动服务公司，经营上却是自负盈亏。当时受国际环境的影响，电解铝厂已经停产，而董叔管理的这家劳服公司只生产一种产品，保温材料。在国营企业工作过的朋友都知道，国营企业下属的劳服公司生产的产品或设备安装多是为本企业服务的。总公司都不景气，那它下属的劳服公司的效益可想而知。董叔也考虑上马新产品给劳服公司带来新的利益增长，我向董叔推荐了聚丙烯酰胺项目，并带着董叔去了我熟悉的两家生产聚丙烯酰胺的化工厂考察，董叔决定上马聚丙烯酰胺这个项目。

项目一动工,我要做的是向王厂长请辞,王厂长痛快地答应了我的请求,放手让我去闯荡世界。在辞职前,我曾经和王厂长有过一次谈话,表达了我对东方化学厂产品方面的担忧。在和赵工做试验时,发现南方一家化工厂用国外技术生物法生产的丙烯酰胺,比东方化学厂现有的催化剂法生产的丙烯酰胺在质量上高了一个档次,用这两个厂家的丙烯酰胺做原料,在相同生产工艺的条件下生产的聚丙烯酰胺,在质量上南方厂比东方化学厂同样高了一个档次,这也意味着催化剂法生产丙烯酰胺的工艺即将进入被淘汰的行列。我建议王厂长赶紧想办法引进丙烯酰胺的生物法生产工艺。如果不引进新工艺,即使现在东方化学厂生产的丙烯酰胺占据着江北的半壁江山,但这种催化剂法的老工艺迟早会在技术革新浪潮中被拍死在沙滩上。

告别了二十世纪,迎来了新时代,我也离开了张店东方化学厂,来到了董叔负责的铝厂劳服公司担任副厂长,负责固体聚丙烯酰胺的生产和销售。董叔上马这个聚丙烯酰胺项目同样是冒着风险的,聚丙烯酰胺这个产品电解铝厂用不上,这也意味着无法得到总公司丁点的庇护,只能到社会上去和其他生产聚丙烯酰胺的厂家同台竞争抢市场。商场如战场,竞争异常激烈,用你死我活比喻一点不为过。其他上马聚丙烯酰胺的厂家是先有客户后上项

三 波澜

目,而董叔这边是只有技术,上马后再开拓市场,这也导致了开拓市场的进程非常缓慢。后来的事实证明,董叔的这次冒险冒错了。项目上马半年后,还没等发展好客户,董叔已经到了退休的年龄。董叔退休后,总公司派遣柴经理接过了董叔的担子,管理铝厂劳服公司。柴经理比我年长几岁,北京理工大学的正规大学生,年轻有闯劲。他一开始对聚丙烯酰胺这个项目还是信心满满,经常带着我到处出差发展客户。几个月下来,的确是有了几个客户,但也发现了一个尴尬的事实,因为高分子聚丙烯酰胺这个项目太容易上马,该产品的市场已经饱和,市场里面连见缝插针的地方都少见了。这时我又给柴经理泼了一盆凉水,我在东方化学厂工作时协助其做试验的高级工程师赵工,在二零零零年帮助东方化学厂的一个业务员从北京引进了超高分子量固体聚丙烯酰胺项目,投资了几百万。这个产品技术来自国外专利,我和赵工做试验时仅成功过一次。从质量上来讲,这个产品完全碾压现有技术生产的高分子量固体聚丙烯酰胺,又一次技术升级淘汰开始了。我和柴经理商量,要么投入大资金升级技术,要么准备放弃现有的聚丙烯酰胺项目。柴经理为难了,几百万的投资他没有决定权,几个月开拓市场的艰难也让他头大,他得为劳服公司再找一条出路了。几百万的投资也算大投资?毛毛雨嘛。二零零零年，淄博城市中心的房价一千元一平米，几百万可以六层高三个单元的楼房整栋的买。也可以成立一个小型的房地产开发公司，拿下十几亩地，盖十几座楼盘。毛毛雨？瓢泼大雨啊。

　　铝厂劳服公司聚丙烯酰胺车间的西面是总公司氧化铝厂的阳极糊车间，其生产的碳素阳极包是电解铝生产过程中必用的一种一次性消耗品。虽然电解铝厂已经停产，但总公司作为新中国铝工业较早建厂的企业，国内的电解铝生产企业与总公司有着千丝万缕的联系。山东省内的很多地方铝厂也是在总公司技术骨干的支持和帮助下建立的。碳素阳极包的生产污染严重，山东其他地区禁止生产，所以山东境内只有总公司有资质生产碳素阳极包，独一无二，唯我独尊。柴经理作为铝厂内部的正式职工，嗅到了中间的商机。铝厂劳服公司想要旱涝保收、平稳发展，绝对不能跳下铝业总公司这艘航母，哪怕这艘航母破旧不堪，瘦死的鲸鱼也比鲨鱼大得多，嘴角掉一点肉足以让劳服公司饿不着。跳下总公司这艘航母到自由竞争的商海中游泳，无异于是去自杀。

　　碳素阳极包相当于普通电池里的碳素阳极棒，新型的电解铝生产工艺中不仅需要大型的碳素阳极包，还需要相当数量的小型碳素阳极环，碳素阳极环的作用依我的理解

三 波澜

类似于某品牌电池在广告中宣传的聚能环,能有效的节省电解铝生产中消耗的巨量的电能。碳素阳极环的生产并不复杂,原料来自阳极糊车间的沥青焦,趁热用压力机把沥青焦在模具里压成两个直径约三十公分的半环型,再送去位于淄博市淄川区的高温烘烤窑,在无氧条件下烧结成成品。同样是投资少、见效快,还不用到处求爷爷告奶奶的找客户。柴经理终于下定决心下马聚丙烯酰胺项目,准备上马新产品碳素阳极环。在大学同学翟克宝的帮助下,我联系了一家还在生产聚丙烯酰胺的厂家,把设备和剩余的产品低价卖给了该厂,给准备上马的新项目清空厂房。我也自此离开了电解铝厂劳服公司,又开始了骑马仗剑闯天涯的孤胆英雄之路?哈哈!不会有人把下岗失业说得这么高大上。

该有朋友不屑一顾了:呵呵,猪跑进了龙卷风,刚飞起来一米高,又被龙卷风甩了出来,吧唧摔地上了。你这也配叫人生开挂?对于事业成功的朋友来讲,我的这次开挂真是不值一提,可对于一个刚刚经历过大病,丧失了大部分劳动能力、前途暗淡的我来讲,这次的工作经历绝对是值得一讲的人生精彩片段。

就在铝厂劳服公司拆除聚丙烯酰胺设备的时候,从来没有来过劳服公司的张店东方化学厂王厂长突然到来,我向王厂长说明了聚丙烯酰胺下马的原因并介绍了即将上马的新项目。王厂长没有说明为什么来访，寒暄片刻后起身离去。这是至今为止我最后一次见到王厂长。当年威严且和善的王厂长现在已是和老爸老妈一样是七十多岁的老人了。张店东方化学厂现在依然存在，我当时还在东方化学厂工作时生产的产品已经全部下马，张店东方化学厂也从乡镇企业变成了私营企业，完成了角色的转变。

在我事业开挂的时候，老婆也没闲着。在我不吃中药后，老婆离开了那家光干活不给工资的卫生室，上有老下有小中间还有个半残废的丈夫，不挣钱养家怎么能行，可又无法在本村还是邻村的卫生室找个医生的岗位。老婆决定不干医生了，先挣钱再说。一次老婆去找家在青州的二姨家大表姐玩，回来时带着一堆的小商品，什么头绳、发卡、钥匙扣之类的。大表姐在青州的一个杂货市场上卖小商品，收入还可以。老婆眼一热，就让大表姐帮忙进了一批货。第二天，老婆在村子里的大街上把小商品一摆，开卖了。我记得，老婆卖货最好的一天也没挣上十块钱，一天挣几毛钱常有，甚至一天一毛钱都挣不着。村子总共一千口子人出头，根本没啥消费能力。老婆不服输，又跑去邻村的村办工厂门口摆摊，情况和在村里一样，挣不了多少钱。在坚持了三个月后，老婆终于看清了形势，选择了

三 波澜

放弃,没有卖掉的小商品送给了亲戚朋友。这时新的工作来了,本家的一位叔叔从一家倒闭的国营塑料厂下岗后,借了老妈的钱买了一台生产方便袋的机器生产方便袋。干了好几年后,这位叔叔连还老妈的钱都没有了,就把机器顶账给了老妈。老妈犯了难,这机器放哪里来生产方便袋?恰好大舅家的二表哥有一处空闲的院落,爽快的二表哥让老妈把设备放他的这处院子里生产方便袋。高级钳工的老爸摇身一变成了方便袋厂的厂长,老婆也动手参与生产,身体不太好的老妈在家负责看孩子。方便袋生产了一段时间后,问题来了,我们发现生产方便袋真的不挣钱,可不至于所有生产方便袋的厂家都是赔钱吧?那么亏损的原因在哪里呢?在停产的时候,我和老妈专门去了一趟二百多公里远的日照市莒县,这里方便袋的生产全国有名,有的村子家家户户生产方便袋,行销全国。在一个朋友的引荐下,我和老妈找到了一家方便袋厂的老板,老板说出了我们亏损的原因。第一,配方不对,生产方便袋的原料至少要用一大半由废旧塑料生产的再生料,而老爸生产方便袋却是用百分之八十的全新塑料颗粒,方便袋质量倒是很好了,可生产成本太高。第二,至少要有三台生产设备,达到一定的生产规模后,才能进一步降低成本。我和老妈恍然大悟的同时也傻了眼,再上马两台设备包括周转资金已经超出了我们这个家庭财政的承受能力。老妈一咬牙一跺脚：便宜卖设备！最终低价卖了设备后，老妈亏了两万多块钱，那时候两万块钱已经不少了，亏损的钱和我治病花的钱相当。

二零零二年的春天是我这个家庭很休闲的季节，一家五口人中只有一个人在忙碌。我丢了工作无所事事。老爸则丢了方便袋厂厂长的工作。老婆从自家倒闭的方便袋厂回家后还没找到新工作。老妈甭说了，本来就闲着。只有未成年的女儿在忙碌着，小孩忙啥？忙着上幼儿园呗。女儿有个优点，上幼儿园从来不哭，不是像一些小孩哭着闹着不去幼儿园，到了幼儿园门口还得让老师拖进去。女儿不这样，即使是不想去幼儿园，只是表情上不乐意，送到幼儿园门口一个"拜拜"自己就进去了，是个懂事的好孩子。

二零零一年还发生了震惊世界的大事，美国的袭击事件。除了震惊，对我国老百姓的生活没啥影响，该吃吃该喝喝，该休息休息，该工作工作。像我这样丢了工作的，闲得无聊就给自己找点事做吧，省得在家和老婆拌嘴。自从得了腰间盘突出症，我开始对推拿按摩感兴趣，腰酸腿疼时揉一揉按一按，疼痛酸胀的症状会得到缓解，但淄博市内没有专门的培训机构来培训按摩师。二零零一年深秋

三 波澜

的一天,我从一份报纸上偶然看到东营市按摩学校要来淄博办培训班的广告,我想接受一下正规的按摩培训,就按报纸上刊登的地址去培训班交了两千块钱学费报了名。开学了,从五十多岁的师兄到二十岁的小师妹,从算命先生到按摩店主,学习按摩的人物还真是形形色色。老师也是既有医师证的正规医生,也有双目失明的残疾人。培训也很正规,更像是在上中医课。两个月后,我拿到了中级按摩师证。拿到证后就在家里开起了按摩诊所。不过这个按摩诊所开了俩月我就放弃了,原因和老婆卖小商品一样,农村的老百姓腰酸腿疼时,花几块钱去卫生室买贴膏药、几片止疼药,没有几个人会去选择按摩。按摩这个技术后来也基本上放弃了,现在老妈、老婆让我给她们按摩时,我会没好气地使劲捏几把,被捏疼的老妈、老婆大吼一声:"滚!",我就又去忙自己的事情了。

学习按摩时还捎带着学会了熬制神秘的黑膏药。在开按摩店的庞表哥和周村尚师兄的帮助下,用铁锅一次就成功地制成了民间秘而不宣的黑膏药。在我这个学有机化工的助理工程师面前,用科学理论来解剖黑膏药的制作方法,那就没啥神秘可言了。制成的膏药虽然没能推销出去,但对于治疗我和老爸的腰腿疼有着良好的治疗作用。每次当我腰痛时,我就拿出一贴自制的膏药,在用火烤化后贴在患处,两三天后疼痛就消失了。老爸对我的自制膏药称赞有加,成了他的专用膏药。这锅用纯香油和道地中药材熬制的膏药用了十几年才用完,并一直保持着疗效。

放弃按摩还有一个原因,我虽然人长得五大三粗,可十指修长。要是学习弹钢琴的话,我估计会成为优秀的钢琴师,但按摩就不合适了。往往一个疗程三十分钟的按摩后,我的指关节就开始隐隐酸痛。拉倒吧,不自己找罪受了,受的罪还不够多吗?以后也不在外人面前提自己是按摩师了。

偶尔会去周村玩,古老的大街,淳朴的民风,是吸引我的地方。还能顺道找尚师兄混饭吃。尚师兄的推拿诊所在周村小有名气,去找他治疗腰腿疼的患者络绎不绝,让尚师兄无暇顾及我的到来。但是到了饭点,尚师兄请客是必须的。

再说一说我身体的恢复情况。这时我已经恢复到了能从事中等体力劳动的水平,这也是我恢复的最好水平,并一直保持到现在。腰间盘突出症有一个特点,不管恢复得多好,总是会复发。复发的原因多样,还真不一定是干体力活导致复发。我从铝厂劳服公司开始的工作是普通人从事的正常工作,谈不上特别轻松,甚至还有两次搬家时一个人背着一百多斤的电冰箱上下楼,这对患过腰突症

三 波澜

的人来说是不可想象的。张店东方化学厂的厂医小孟也患有腰突症,后来康复的挺好。有一次她看到一只蚊子,转身就去拍蚊子,这下好了,又躺床上了。所以说,虽然我已经恢复到可以干体力活的程度了,但是得随时保持着小心小心再小心。

二零零二年春天,赋闲在家的我百无聊赖。有一天,家里突然来了一位客人。因为这位客人不是亲戚不是朋友也不是同学,而是我还在铝厂劳服公司工作时的一位客户,这时我已经从铝厂劳服公司辞职有大半年了。对于这位客户的突然到访自然会让我惊讶,惊讶之余也马上明白了他为什么来找我。老王,比我年长两岁,家在青岛市管辖的胶南市隐珠镇,工作在青岛某著名品牌的运动鞋鞋厂,同时也给鞋厂供应一些原材料。老王戴着近视眼镜,看着文质彬彬,说话慢慢吞吞,身高一米八多,可瘦成了打枣杆子,感觉风吹即倒。

二零零一年的时候老王曾经从铝厂劳服公司买过一批聚丙烯酰胺产品,但老王买的这批产品并非是固体聚丙烯酰胺中的普通品种,而是只有铝厂劳服公司生产的一种固体聚丙烯酰胺产品——低分子固体聚丙烯酰胺。低分子聚丙烯酰胺是优良的水溶性粘合剂,但是没有固体聚丙烯酰胺的厂家生产这种产品,一来没有这种生产技术;二来是产品市场狭小,用户极少。这也造成了这样一种局面,没有厂家生产这种产品,想买这种产品的客户没地方买。柴经理虽然是北京理工大学的本科生,但不是化工专业出身,对化工仅限于似懂非懂,所以聚丙烯酰胺的生产完全由我做主。作为一名纯理论技术派,当然会有这种低分子聚丙烯酰胺的生产技术,但也仅是实验室的试验技术,不是可以大规模生产的实用技术,没经过实际生产的检验。我把这种实验技术用于了生产,生产了二百来公斤放进了仓库。不敢生产多了,找客户太难了。为难的还有老王,找不到哪里有生产这种固体低分子聚丙烯酰胺的。终于有一天,他在一篇化工杂志的广告页上看到了铝厂劳服公司生产这种产品,风尘仆仆从胶南赶到了淄博,可算找到稀缺货了,一下把这二百来公斤的产品全部买走了。可老王为什么时隔大半年才又来找我呢?这还得介绍一下这种低分子聚丙烯酰胺的特性。水溶后的低分子聚丙烯酰胺完全可以用作学生粘书和本子的文具胶水,但现在市场上的文具胶水并不是聚丙烯酰胺,而是聚丙烯酸钠,所以文具胶水有一股酸酸的气味,而聚丙烯酰胺做的胶水无毒无色无味,主要用于布料加工和建筑用胶。用途并不少为啥用量不大呢?因为其优良的性能,只需要一点点就可以做出大量的胶水。在我家里还有一袋保存了十几年的固体低分子聚丙烯酰胺样品,约有一百克。当家里的胶水用没了的时候,我用天平秤出一克,放入一百毫升水里。一小时后,一瓶胶水做成了。所以说用聚丙烯酰胺做的胶水,成分里面百分之九十九是水。而化学品能有十几年的保质期也是少见。等老王用完了那二百来公斤聚丙烯酰胺,再去铝厂劳服公司买货时,聚丙烯酰胺项目已经下马了。柴经理告诉老王我家的地址,老王这才来到了我家。老王的到来让我也很为难,压根没法帮他找这种固体的低分子聚丙烯酰胺。我给老王建议购买胶体状低浓度低分子聚丙烯酰胺,这种产品是低分子聚丙烯酰胺的大众化产品,淄博地区有几家生产厂。老王一听直摇头不想要,这种产品不是固体,因此不容易运输,距离远会造成运输成本过高。不买这种产品我也没招了。老王慢吞吞直接来了个痛快的:"你给我上个项目吧。"得,由卖产品变成卖技术了。我又给老王分析了一下,固体低分子聚丙烯酰胺的投资较大,就他那点用量根本不值得上马固体聚丙烯酰胺项目。如果要上的话就上胶体低浓度低分子聚丙烯酰胺,两者的原料一样,后者一个反应釜加一个小锅炉就齐活。

老王慢吞吞地说:"好!"老王开着车拉着我去了胶南市。老王说话的语速虽慢,但开车挺猛,类似一部动画电影里的树懒。看着老王那和啤酒瓶底一样厚的近视眼镜,我一路使劲抓着车上的抓手,到了胶南累的那只手臂酸痛。安全带呢?车后排没有。在前排开车的老王也没系安全带,那时候交通规则里还没有必须系安全带这一条硬性规定。

汽车经过潍坊市的诸城后进入了山区。翻过一片大山就到了青岛的胶南市。胶南市区的建筑和淄博张店差不多,没什么特色。汽车又往东去,来到了位于胶南城区东面的隐珠镇。这个镇的经济比较发达,主要是机械制造。我这么说会让大家想歪了,这个机械制造不是造汽车、机床、挖掘机,而是非常简单的小推车。拿起你的手机,点开淘宝,再看首页右下角那个小推车,就是这玩意,超市用的购物车。隐珠镇有两三家规模较大的购物车生产企业,全国大部分超市的购物车产自这几个厂家。

到了隐珠镇,第一印象是让人惊叹的隐珠镇政府办公楼和办公楼前面硕大的广场。这时候,淄博市中心城区的张店区刚建了新的区政府办公楼,这可是山东省经济排名第三的重工业发达城市的重点区。到了隐珠镇一看,呵呵,这镇政府的办公楼及广场竟然和张店区的办公楼及广场差不多的气派。可见隐珠镇的经济实力挺强。隐珠镇办公楼前那个大广场的四个角各有一个石像,石像是中国传统宗教道教文化里面的四个方位的代表,青龙白虎朱雀

三 波澜

玄武,让人感觉挺有仪式感。

　　与镇政府广场隔路相对的是镇上的工业园,那几家生产购物车的厂家就在这个工业园内。老王的父亲在工业园里也有一个工厂,专门为那几个生产购物车的厂家负责加工五金零配件。老王也蹭他父亲的工厂,在他父亲厂子的车间一角生产水溶胶。新上的项目老王也想建在这个车间里。胶体聚丙烯酰胺的生产所用的原料丙烯酰胺有毒,但丙烯酰胺不挥发,只要不食用就没事。整个生产过程无高压,不燃烧,不爆炸,所以这个项目已经是化工项目中超级安全的项目了。但是老王的父亲明显不同意老王搞化工,他想老王继承他的衣钵,安心从事五金零配件的加工。老王显然不听他的话,和他父亲争执起来,语速竟然比我还快。

　　和老王商量,生产用的反应罐是买新的还是买二手的,我倾向于买二手的,因为聚丙烯酰胺生产时只需要加热,不需要压力,用来生产的反应罐就是一个带夹层的搪瓷大锅。老王打听到青岛市内的一家企业要处理一台反应罐,决定带着我去看一看。老王为了撑门面,特意向一个朋友借了一辆奔驰轿车,拉着我直奔青岛城区。汽车驶过环胶州湾的高速公路,进入青岛市区,这是我自一九九四年求学结束后第一次回到青岛。到了要处理反应罐的厂家,那个待卖掉的反应罐还挺新,几乎没怎么用,当即拍板买了。办完了正事,我们没有在青岛市区做太多的逗留,即刻返程。途径新建的香港路,一边是高耸入云的楼宇大厦,另一边是海水湛蓝的海湾,宛若是在香港的维多利亚湾。停车在一家饭店,简单吃饭后,老王把车开上了青岛至黄岛的渡轮,这时候青岛至黄岛的海底隧道还没有贯通。在黄岛下船,汽车驶回了胶南。在跟着老王和他的朋友们吃吃喝喝了几天后,反应罐送来了,开始安装设备。

　　胶南有三处比较有名的风景名胜区,大珠山、小珠山和琅琊台。大珠山和小珠山的杜鹃花挺有名,春天时杜鹃花开得漫山遍野,煞是好看。隐珠镇这个名字的来源也与这两座山有关。而琅琊台风景区和姜太公及东渡日本的徐福有关系,却和风行一时的电视剧《琅琊榜》没多大联系。三个风景区我一个也没捞着去,连去海水浴场游泳都是在八月份再次来到胶南时才办到的。

　　在隐珠镇工业园的南面是一个村庄,村庄里有一些小饭店,到饭点时在工厂里打工的工人会蜂拥而来。从村庄往南是胶南的新区,一排排崭新的楼房矗立。新区再往南是滨海公路,公路向东至黄岛市,往西到日照市。跨过公路是沙滩上还能抠到活哈喇的海水浴场。

　　胶南新区的住宅入住率不高,人烟稀少。当时的房价也低,才一千多元一平方米。老王劝我有钱的话来胶南新区买套房,以后绝对能升值。老王说的对,可惜我没有钱。住宅小区虽然人不多,但停在小区里的汽车牌照是鲁C的不少。鲁C不是青岛市的车牌号,而是淄博的。出现这个现象和淄博的一所大学有关。二零零零年的时候,大学已经在招生方面扩招,一扩招问题来了,校园不够用,只能再建设新的校园,这又牵扯到建设用地、新校园选址一系列问题。淄博一所大学的领导想把新校园建到风景优美的海边去,毕竟那时候淄博地区的环境污染太严重了。学校和胶南市一接触,胶南市表示热烈欢迎,因为当时胶南市还没有一所大学。如果该大学能搬到胶南的话,将显著提升胶南的高等教育水平。胶南市决定给该大学在新区批一大块地用来建设新校园。学校要搬到胶南的消息一传播,学校的一些教职工闻风而动,跑到胶南去买房子了。因此,胶南新区的住宅小区里经常见到的是淄博牌照的汽车。虽然这所大学最终没能搬到胶南,但是那些去胶南买房子的教职工也没吃亏,后来胶南的房价一路飞涨,买房子的人都赚了。

在隐珠镇的小旅馆里住了二十多天,设备安装调试完毕。给老王生产了两批胶体聚丙烯酰胺后,项目完成。在庆祝项目完工的庆功宴上,老王慢吞吞的从兜里拿出一个信封递给我,信封里装着六千元钱,这是事先谈好的技术转让费。

在这一年的八月,老王又给我介绍了一个项目,他的一个朋友想上马一个造纸助剂的项目。这个产品我没有接触过,在大学同学杨爱国帮忙寻找相关技术无果后,我又去找王刚,王刚的连襟经营着一家生产造纸助剂的工厂。经过王刚连襟的指导后,我又去了胶南。在做了相关的试验后发现这种造纸助剂和老王朋友想要的助剂不是一个品种,最终这次合作没有成功。化工产品种类繁多,虽然都叫化工产品,即使是名字非常接近,却可能有着完全不同的生产技术。不同的化工产品相关技术完全可以用隔行如隔山来形容。

从胶南回到淄博,还在家无所事事的赋闲?不能再闲了,在家收拾东西,该留的留,该卖的卖,该送人的送人,要搬家了,马上要进城了。

这次进城是由大姐和二姐一手策划。大姐和二姐每次回家,看到四个成年人整天无所事事。没有工作可干不是长久之计,也跟着着急上火。两人一商量,既然在农村找不到工作,那就让这一家人到广阔的城市中来,那里有无数的就业岗位,高大上的工作不好找,挣个饭钱维持一家人生计的工作总能找到吧。让青年人发射光芒,让老年

三　波　澜

人发挥余热,省得一家人在家里拌嘴吵架。这次也没让好做主的老妈做主,两个姐姐直接拍板。主意已定,立马行动。二姐在一家房地产公司上班,但当时这家公司没有合适的楼盘。二姐又找了一个在另一家房地产公司工作的朋友,看了这家公司开发的楼盘后觉得满意,当即给垫付了定金。交了钱,木已成舟,这家不搬不行了。因为买新房需要十来万块钱,家里没有足够的资金,得把农村居住的房子卖掉才能凑够钱,老妈联系了本村一位想买房子的乡亲,把二层小楼卖给了人家。

二零零二年八月下旬,新买的楼房还没交工,一家人就急匆匆搬到了城里。急啥呀?急着上班挣钱。楼房是九月中旬交的工,刚搬家时我家是这个小区唯一的住户。房子除了有电外,自来水、天然气、暖气都没有开通。喝水买桶装矿泉水,洗脸刷碗冲厕所就到紧挨着楼房的农村老乡家里借水。怎么进城了还有农村?唉,说是进城,不如说是从经济较发达的张店城市近郊搬到了张店的城郊,从张店区东部的农村搬到了张店城区西面的城乡结合部。小区的东面、西面、南面分别是三个村庄,从我住的楼房往外一看,是一片破旧低矮的砖瓦房和一片绿油油的菜地。村庄里又窄又烂的水泥路还没老家村子里的道路好呢。虽然不是自己做主,但一家人对搬家并不抵触,而且充满着期待。人在困境中,困则思变。

　　风水一变,工作不请自来。刚从沣水镇搬家到城里,老婆又每天往沣水镇跑开了。老婆在一位朋友的帮助下,到我的母校张店四中当了校医。百十斤的小身板骑着二百多斤重的大摩托风里来雨里去,精神抖擞。半个月后,我接到一个陌生号码的电话:"喂,刘艺吉吗?你媳妇在我手里,你看着办吧!"打电话的是张店四中的一位老师,我的高中同学,也是学生时代的好朋友。得,请客吧。让哥们叫了一群在张店四中当老师的同学下了馆子。酒足饭饱后,哥们拍着我的肩膀说:"你媳妇在我这里,你就放一百个心吧。"放心是放心了,两个月后,媳妇回到了城里,来到一家离家不远的诊所,工作终于安定了下来。从考取执业医师到一年为上万病人看病,正式成为了一名治病救人的医生。当然,因为学历的原因,老婆一直是一名为农村老百姓服务的乡村医生。

　　老婆的工作有着落了,我也紧跟着上了班。从我的新家往西走五六公里,有一家村办的工业园,朋友老刘的化工厂在这个工业园里。老刘厂子生产的产品是固体聚丙烯酰胺,而且还是即将淘汰的老工艺。老刘给我也来了个痛快的:"当副厂长吧。"这个副厂长的职能跟我在张店东方化学厂当车间主任是一样的。老刘并非不知道固体聚

三 波澜

丙烯酰胺的老工艺即将淘汰,只是没有足够的资金用来上马新工艺。那时候真要有个几百万,还不如用来炒房赚钱快呢!老刘有一些聚丙烯酰胺的老客户,这些客户的需求维持着半死不活的生产。看似是在没有希望的挣扎,其实老刘醉翁之意不在酒,当然也不是山水之间,而是土地。老刘承包的厂区挺大,足有十亩地。但生产聚丙烯酰胺需要的地方一亩就足够。弄这么大一厂子,是因为老刘的承包费便宜,承包的合同期限也挺长。老刘的打算是,生产聚丙烯酰胺挣的钱在交了承包费后,再多少有点结余,抽时间再在厂区里盖厂房,把盖好的厂房往外一租,那不就挣大发了吗?不过嘛,钱得慢慢挣,厂房也得慢慢盖。这一大片院子,先种菜吧。

老刘的厂子里除了生产聚丙烯酰胺的车间,还有一个生产涂料的车间。这个涂料车间属于老刘的姐夫。老刘姐夫原来有一支工程施工队,挣了不少钱,功成名就后选择了隐退。后来又找了一名技术员上马了这个涂料项目。也是不着急挣钱,半干半玩。老刘姐夫有个毛病,喜欢喝酒,喝了酒喜欢训斥人,这个被训斥的人当然是老刘。被姐夫训斥,老刘虽然烦,但一声不吭。因为老刘的这个厂子姐夫也投了钱,有姐夫的股份。

老刘管业务,我管生产,生产方面一年中也干不了半年。不生产聚丙烯酰胺的时候，我也去帮忙生产涂料，一来二去和涂料车间的技术员老孙熟悉了。后来老孙成为了我自主创业的合作伙伴，这是后话。老刘的老丈人张叔负责看守厂区，也是我们的厨师。因为离家有些远，我中午不回家，在厂里吃饭。张叔用厂子里种的蔬菜给我们做菜。我们这些职工选出一个人，骑车到邻村的馒头房买上一大包馒头，简简单单的吃顿中午饭。上班也有清闲的时候，不干生产、老刘外出、老刘姐夫不来的时候，工作变成了整整地、种种菜、浇浇水。秋风起、蟹黄肥时，厂门口对面的农田种上了小麦。蚂蚱拖着大肚子在庄稼地里飞舞。趁张叔没注意，我就跑出厂区到庄稼地里逮蚂蚱去了。拿着用狗尾巴草串起来的一串串蚂蚱回去时，看到张叔一脸的无奈。

除了工作和休闲之外，偶尔还会去帮忙。这家化工厂的化验仪器坏了，那家化工厂生产有问题了，给我打个电话就去给人家解决。在张店东方化学厂工作的那几年，我积累了丰富的化工经验，特别是化验方面。厂子里的一些化验仪器出现故障是由我自行解决。曾经把三台坏掉的折光仪拆解后组装成一台好的折光仪。当买了新的机械式精密天平需要安装时，来组装的技术员需要另外支付一百元的安装费，有我在，这安装费就免了。帮忙也不是白帮忙,要么给钱,要么吃饭。老刘对我出去帮忙羡慕嫉妒恨:"你来我这里干着厂长还出去挣外快?"我:"有本事你也去挣。"老刘:"俺没有你那本事。"

二零零三年那年让人们知道了一种新型的流行感冒,原来感冒也这么厉害。淄博风声鹤唳,各个生活小区严防死守,好在没啥事。我在地广人稀的老刘厂子里没有多少感觉,但作为医生的老婆,需要每天面对百十名病人吓得心惊肉跳。我对流感没感觉,但对那一年的冬天却有挺深的印象,太冷了。下了两场大雪后,气温骤然降到了零下二十几度。二零零四年快要到春节时,又下了一场大雪。张叔要回家忙年,我留下值班看守厂区。值班室里那个小炉子都不起作用了,屋里洗脸盆里的水都结了冰。晚上睡觉穿着衣服盖着两床厚被子还是觉得冷,只好把头也埋进了被窝里。

在超高分子量聚丙烯酰胺的打击下,老刘的生意也越来越差。涂料的生意也不见起色。盖大厂房的计划提上了日程,还是由酒后脾气差的老刘姐夫作为主要投资人。二零零四年春,老刘姐夫拉起一支工程队,开始在化工厂院子里忙活起来,我和老孙也参与进来。三个月后,大厂房竣工,大厂房的面积占到了院子面积的四分之一。也陆续有客商来看厂房了。还没等到大厂房租赁出去,我和老孙双双辞职,去自主创业了。

　　因为生意不景气,我和技术员老孙都看不到希望,也觉得在老刘这里再待下去没有意义。同时老刘一年开一次工资的做法让我和老孙在经济方面压力倍增。我还能补点,特别是老孙。老孙比我年长一岁,原来是厨师,后面又在一家涂料厂上班,机灵的老孙学会了生产涂料的技术。后来被老刘姐夫从他工作的那家涂料厂挖了墙角,帮老刘姐夫上马了涂料项目,成了老刘姐夫的技术员。老孙的老婆没有工作,在家看两岁的孩子。老孙不是淄博本地人,老家是烟台市桃村,一家三口租住在山东新华制药厂两间老旧的平房宿舍里。淄博当地的涂料厂不少,涂料生产的技术也不是什么秘密,所以老刘姐夫的涂料生意想红火几乎是空想。大厂房的建设出租,也是老刘和他姐夫为化工厂找的出路。聚丙烯酰胺和涂料的下马是迟早的事,每个人都心知肚明,我和老孙也得为自己找出路了。

　　我人生唯一一次喝酒喝到烂醉如泥,是在为老刘工作期间。那一天是老刘姐夫老爹的生日,恰好遇到聚丙烯酰胺在生产。中午十二点吃了午饭后,一直忙到下午六点,又累又饿。因随了祝寿的份子钱被老刘拉去喝酒。不成想被安排和一群搞一口闷的人在一桌。三两一杯的高度酒喝了两杯后,我直接出溜到了桌子底下。在这里揭露一个弥天大谎,那些酒后耍酒疯的人在酒醒后会说:"我喝断片了,啥都不记得了。"这话以后千万别信。我这次喝醉后四肢都不受控制,可头脑比不喝酒时还清醒,醉酒后发生的事都记得,说酒后断片是那些酒后无法推辞之人的托词而已。老刘和他的司机把我拖回了家,我坐在厕所的马桶盖上吐了半宿。从第二天起,又让老妈老婆埋怨了一个月。从此后我长了记性,喝酒前至少要吃半个馒头,这样不光不容易喝醉,还能减轻酒精对身体的伤害。

老孙的哥哥是工程设计专业的大学生,大学毕业后在一家工程设计院工作。因能力突出,后来选择了自己单干,成立了一家土木工程设计公司。因此,他常和一些建筑公司打交道。看到弟弟一家人的困境,老孙的哥哥答应老孙给他介绍一些装修类的工程。然而老孙即没有资金,也没有施工资质,但是他没有的,我却能办到。既然能优势互补,我和老孙从老刘那里双双辞职。我和老孙的辞职把老刘和他姐夫气得够呛。后来我又抽时间专门去给老刘登门道了歉。老刘的聚丙烯酰胺后来停了产,整个厂子也承包了出去,老刘回到了他家的村子,在村委里工作。

离开了老刘的化工厂,从此也离开了从事多年的化工。需要在这里谈一谈我对化工的看法。在刚接触化工生产时,我对化工是喜欢的。在我的思想里,化工的神奇之处就像是魔法,它能将一种物质变成性质完全不一样的另外一种物质。而从事化工生产的人就像是挥舞着魔法棒,能点石成金的魔法师。但随着接触的深入,才知道从事化工生产的人哪里是魔法师,简直是与死神打交道的人。化学反应来自众多化学产品在特定条件下活跃的本性,在组合或分解成新物质的同时产生巨大的能量。因此绝大部分的化工生产都可以贴上"凶险"的标签。

无论是化工生产的原料还是产品,很多外包装的说明书上都有"有毒"、"易燃"、"易爆"的醒目标签,这也决定了化工生产的危险性。近几年发生了几起与化工有关的大事故。大家可能认为这些事故只是偶然事件,其实不是,化工事故不是偶然事件,也不是必然事件,而是常态。不要说我国,连科技高度发达的美国都无法避免化工事故的发生。以我从事化工生产时经历和听说的事情举例。张店东方化学厂早期生产的一种产品名字叫三聚氯氰,生产该产品用的原料是氯气和氰化钠。一个是前面提到过的让几百人中毒的元凶。另一个更吓人,是毒界明星氰化钾的"弟弟",一招毙命的本领两"兄弟"不相上下。先说氯气,我经历过一次很轻微的氯气泄漏,少量的氯气泄漏到空气中,使得空气微微有些发白。我当时没有带防毒面具,仅仅吸了半口气,感觉肺要炸开,差点把我呛晕过去。

憋住气赶紧往侧风向猛跑,离开这团微白的空气后再喘气就安全了,氯气就是这么厉害。普及历史知识,氯气是最早用于战争中毒气战的化学物质,一战时德军通过释放氯气在五分钟内毒死了一千多名法国士兵。防毒面具的发明就是用来防止氯气中毒的。再说氰化钠,可以比喻成毒王氰化钾的"亲弟"。张店东方化学厂生产所用的氰化钠是液体的,而且张店东方化学厂使用氰化钠不是一克、一两、一公斤的用,而是成吨成吨的使用。从河北元氏县来的罐车,一次运来五六吨的液体氰化钠。原来张店东方化学厂的院子里立着一个大铁罐,专门用来存放氰化钠。普及化学知识:氰化钠致死量零点一克,致死时间七秒。恐怖吧?用这么毒的原料生产的三聚氯氰毒性当然也小不了。我曾经负责三聚氯氰的质量化验,每次去车间取样品时,必须全副武装,从头到脚用橡胶服全身包裹,保证与外界完全隔离。面部再戴上猪拱嘴式的防毒面具,面具用气路管连接挂在腰部的活性炭罐,活性炭罐强制性定期更换。化验称量样品时小心翼翼,称量结束后必须认真洗手,来保证没有接触到三聚氯氰。

再说张店东方化学厂的拳头产品:丙烯酰胺,聚丙烯酰胺的主要原料。单说化学品名称,非化工圈的人很难弄明白,通俗地解释一下,前些年网上热议的某快餐店油炸薯条里面的致癌物质就是它。猛一听挺吓人,其实丙烯酰胺的化学性质很稳定,不挥发不易燃,风险可控。危险的是它的原料丙烯腈,大家完全可以把丙烯腈看成是汽油,易燃易爆易挥发。丙烯腈运输时是用一种能盛一百多公斤的镀锌铁皮汽油桶,这种汽油桶在关于二战的一些影片中还能见到。张店东方化学厂的一个角落里放着一些废弃的这种汽油桶,等着卖废铁。汽油桶的盖全部打开,好让桶里面残存的丙烯腈挥发干净。这一天,丙烯酰胺车间的一名副主任想用一个废桶,需要用气焊把桶割开。当时我在厂区的公共厕所里方便,只听见"咚!"的一声巨响,厕所跟着颤了一下,感觉像是地震了。我赶紧跑出厕所一看,那个几十斤重的汽油桶飞上了天,变成了一个小黑点,掉下来的时候还好没砸到人。那位副主任吓得瘫坐在地上。副主任割桶的时候,幸亏把汽油桶那个直径七八公分的桶口朝着地面,要是把桶口朝着天,桶内的丙烯腈被点燃炸裂油桶,副主任估计当场就丧命了。副主任在家呆了半个月没上班,因为受伤了,心受伤了,吓的。

张店东方化学厂的第三种产品:聚丙烯,一种广泛应用的塑料原料,不需要我做过多的解释,家里用的好多塑料制品是用聚丙烯制造的。聚丙烯没有毒性,化学惰性很强。可生产聚丙烯的原料气体丙烯则相反,大家可以把丙

三 波澜

烯看成是天然气,易燃易爆易扩散,连静电都要不得。曾经聚丙烯车间一位职工违规穿着化纤材质的衣服去上班,放料时衣服产生的静电引燃了放料口混在聚丙烯中残存的丙烯气,导致这名职工被烧伤。王刚在担任聚丙烯车间主任时,差点发生一起重大事故。在一次聚丙烯生产过程中,反应罐里丙烯气体正在发生化学反应,突然罐内的压力急剧升高,眼看即将发生爆炸。王刚紧急命令操作工打开全部的放空阀门泄压,阻止了事故的发生。虽然损失了一罐价值不菲的丙烯气,但若是这次爆炸发生的话,张店东方化学厂内所用的建筑将夷为平地。

王刚在我从张店东方化学厂辞职后不久,也辞职离开了东方化学厂,自己创业成立了一家小型的化工厂。几年后,王刚为了提高其生产的产品质量,改变了生产所用的溶剂。操作工一个不经意的举动引燃了反应罐内的溶剂,厂房内燃起熊熊大火,王刚多年的心血付之一炬。从此后王刚不再从事化工生产,开始专心从事化工贸易。

最后说一下我的遭遇。我还在张店东方化学厂检验科工作时,师哥邹海生来找我和老孟,让我俩去他担任厂长的化工厂帮忙培训化验员。该厂的化验室在二楼,一楼是一个外包出去的车间。虽然叫一楼,可作为车间,这一层的层高达到了五米。新来的化验员是一名身体微胖的中年妇女。当我和老孟正在教化验员配制化验试剂时,只听见"轰!"的一声巨响,从一楼车间的窗户里喷出的火焰点燃了距离车间七八米远的梧桐树,浓烟弥漫在楼梯间。车间里发生的是爆燃不是爆炸,要是爆炸的话,我不可能还在写这部作品了。不知道会不会再发生爆炸,浓烟又导致无法通过楼梯间下楼,我们三人决定从后窗跳楼逃生。因为距离地面太高,我用手一个一个拽着她俩往下放,尽量让她俩离地面近一点。第一个下去的是老孟,我一只手扒着窗台,另一只手拽着老孟,放手的瞬间从老孟眼里看到了恐惧。还好老孟平安落地。老孟离开落地点后,我又故技重施。但这次出事了,化验员一落地就躺在了地上一动不动。我一看情况不对,立马避开化验员从窗户里跳了下去,落地时感到脊椎一阵疼痛。但看到晕过去的化验员,我已经顾不得自己,背起化验员远离了着火的车间。紧急赶来的邹海生急忙用汽车拉着我们三个人去了医院,化验员被查出腰椎骨折,我和老孟当时没检查出受伤。但我不是真的没有受伤,一直以来胸椎有一节经常地疼痛。前几年我去医院做了个好一点的检查,经验丰富的骨科医生指着CT片中我的那节胸椎说:"你这里骨折过。"这是那次跳楼给我留下的纪念。跳楼以后大概过了一年的时间,我又犯了严重的腰间盘突出症,不过我认为我的腰突症和

三 波澜

这次跳楼关系不大,长期的劳累和无序的作息才是得腰突症的主因。那次爆燃事故还造成了一名操作工死亡。虽然是外包车间,邹海生不参与经营,但却负有不可推卸的管理责任。因为这次事故,邹海生被免去了厂长的职务。

对于化工,我从喜欢到厌恶,最后到惧怕。所以在和多年从事的化工说拜拜的那一刻,我没有恋恋不舍的感觉。总结至此,还会有人觉得化工好玩吗?我是不敢了,如果有选择,一辈子不想碰化工了。

离开了一直从事的化工,和老孙联手闯荡江湖,我也完成了升级,由厂长换代成了老板。万事开头难,刚开始我和老孙就俩光杆司令,但也得敲锣打鼓去开张。装修施工队连名字都省了,我俩直接用大舅家大姐夫的公司名印了个经理的名片。老孙的哥哥也顺利的给揽到了工程,而且是个不小的工程。这也让我和老孙忙得手足无措。不过忙得高兴,挣钱的事谁会不高兴。

从一窍不通到一通百通,从手忙脚乱到井然有序,不管做什么事不要怕不会,要敢于去尝试,通过不断的学习就会成功。反而是畏手畏脚不敢做,结果是什么事都耽误了。我和老孙俩光杆司令,第一步是招兵买马。虽然老妈这个坚强的后盾提供了资金,但有资金也不代表什么都顺利,在使用施工队伍上就波折不断。等换了三四拨施工人员后才稳定下来。在现场施工的有七八只施工队,各种装修、防水、设备安装等工程交叉施工,工地上自然是很混乱。其他施工队的老板都有汽车,要么是轿车,要么是面包车。只有我和老孙寒酸,我把我的摩托车大踏板交给了老孙,让他骑着去工地,大姐把她的电动车给了我。工地离家有十几公里远,骑电动车来回跑倒是方便得很。在工地最引人关注的不是那些老板的汽车,而是我那辆大姐给的两轮电动车。不同于现在满大街跑的都是电动车,那时候电动车还是稀罕物。我国最早的商品两轮电动车产自淄博,就是大姐夫托人从淄博自行车厂凭票购买的安琪儿牌电动车。我知道的最早的电动车产自电解铝厂,我在铝厂劳服公司工作时,电解铝厂就已经用自己制造的四轮电动车在厂内运输货物了。淄博是个老工业城市,曾经有多个电子机械类产品的全国首产出自淄博。后来这些全国首创的产品在淄博没有很好地得到发展,也包括电动车,让人感到惋惜。我在工地上骑电动车时经常会被人围观和问询,毕竟是个稀罕物。这也预示着电动车市场将来会有广阔的空间,果不其然。

老孙负责施工,我管的事比较多,施工、预决算、发票、工程款收付都是我的事。老孙的学历不高,有的工作让他干也干不了。但干得多不代表分红多,我和老孙一开始就

三 波澜

商量好了,挣了钱两人平分,五五分成。毕竟能接到工程对我来说是最重要的。实际上老孙挣的钱要比我多,我考虑到老孙的家庭状况挺困难,把几个获利颇丰的子项目的利润全给了老孙,我纯属帮忙。老孙对于我对他的帮助看在眼里记在心上,后来为了表达他对我的感激之情,偷偷地带着施工队自己干工程去了,这都是后话。

随着工程款的拨付,还上了老妈的垫资。手里有了钱,大手大脚乱花钱的毛病出来了,路上见个乞讨的乞丐就塞钱。工地附近的小饭店几乎吃了个遍,当然吃饭也是有目的性的。

跟着我们干活的农民工多数家是外地的,为了挣钱舍家撇亲不容易,在工地上住的很简陋,吃的也很节省。在工地上,各个施工队交叉施工产生矛盾不可避免,老孙是外地人,根本镇不住,一旦有事情只能靠我这个本地人装狠吓唬人。有一次,我施工队里的一个伙计被另一个施工队的人给打了,不严重,挨了几拳。我让伙计带着我,找到打他的那个人,啥话也不说,直勾勾地瞪着那个人。我那时体重一百五六十斤,浓眉大眼,还是那种人送外号的大牛眼,眼一瞪一脸的凶相。虽然内心被教育成了老实孩子,但从外表给人的印象却是江湖人士。瞪了十几秒钟后,人家认怂了,向我那个伙计温柔地道了歉。我也借坡下驴,不再追究。毕竟在工地上真打起来对双方都不好。回到临时办公地,我掏出一张一百元的大钞给了挨打的伙计,让这帮离家在外的伙计们知道,跟着我这个老板干活是亏不着他们的。

二零零六年过完春节,我接到邹海生的电话,说是九二届有机专科班的同学要在济南聚会,邹海生没有时间去,问老孟和杨涛也都没时间,只有我这个小老板既有空闲又有闲钱。我作为三个代表坐上长途公交去了济南。一是代表淄博同学,在有机班学习的十几个淄博籍同学就去了我自己;二是代表委托培养生同学,十来个委培生同学同样只去了我自己;三是代表我自己,十多年没见同学们确实想念他们了。到了济南,找到同学们聚会的饭店。总共才去了十个同学,青岛的、肥城的、济南的同学加上我这个淄博代表,天南海北的大学同学要聚会真心不好凑。同学们把酒言欢,十几年过去了,同学们退去了青涩,多了几分成熟。但同学们对我的到来不太感兴趣,他们问起其他淄博同学的情况,我把几个知道的同学近况做了汇报,不时吃口热菜温暖温暖我那哇凉的心。同学们安慰我:"谁让你上学时不跟我们住在一起了,别哇凉了,一会儿吃完饭去练歌。"酒足饭饱后已是下午三点,同学们拖着我要去练歌房。我一看天色不早,再晚就没有回淄博的长途车

三 波澜

了,婉拒了同学们的热情邀请,坐车回到了淄博。一晃十来年又过去了,同学们再聚会应该是老眼昏花的退休后了。

刚回到淄博没多久,老孙又让我给他帮忙,去他的老家烟台市桃村镇,给他的姐夫建涂料厂。反正在家闲着无聊,我乘车去了桃村。一听桃村这个名字,就知道是个盛产水果的地方。不过产的不是桃子,而是烟台著名水果樱桃。老孙姐夫的家离着桃村镇不远,而老孙的家还需要往深山老林里走老远。老孙姐夫家的后面是丘陵,山上是成片的樱桃树。可惜我去的早,樱桃树刚开花,漫山遍野粉白的樱桃花煞是好看。桃村虽然是山区,但是离海不远,这里的海产品也丰富。因此,我在这里品尝了数种从来没有吃过的山珍海味,特别是几种从没见过的昆虫,很好吃。在此坦白,我是一标准的吃货,不吃的食材还真不多。胶东人很热情,我直接住到了老孙姐夫的家里。第一次居住具有胶东特色的民居,一进房门不是客厅,而是一个烧水做饭的大锅灶。大锅灶连接着另一个房间里的大炕。晚上烧好的大炕热得我一身汗。老孙还是有眼光的,桃村是个人口众多的大镇,其实就是一个小县城。这里没有涂料厂,老孙的涂料技术也很成熟,如果在这里建涂料厂,好好经营的话,前景应该是不错的。这个涂料厂由老孙和他姐夫两个人投资,但是合伙的买卖不好干,多数都会因为矛盾导致干不下去。涂料厂很简单,厂房是现成的,主要设备就一个反应罐和一台小锅炉。我在桃村待了半个月,设备安装结束后,我和老孙姐夫去烟台市里购买了生产涂料用的原料后,和老孙姐夫告别,乘长途车回到了淄博。

二零零六年夏天,老孙的哥哥又给介绍了一个在淄川区的工程,我还是纯属帮老孙的忙,不参与分红。上一次的工程款并没有给结算完,一般在工程施工结束三年内能结清工程款,就已经很不错了。

二零零六年冬,已经有周转资金的老孙在不告诉我的情况下,自己偷偷去干工程了。他在淄博干工程又怎么能瞒得了我这个本地人。他不告诉我,我也懒的理睬他。商场里没有永远的朋友,只有永远的利益。天要下雨,地要长草,由他去吧。

我最后一次见到老孙是在二零一三年夏天,女儿在淄博市第五中学参加中考。我在淄博市第五中学的校门外,和其他家长一起在等待考试结束。老远看见老孙骑着一辆电动车走过来。老孙没有看到家长群里的我,我也没有和他打招呼。看着老孙骑车远去。我想,老孙难道还在淄博新华制药厂的临时宿舍里居住?老孙原来租住的新华制药厂临时宿舍距离淄博市第五中学大约有四五百米远。

三 波澜

我见离考试结束的时间还早,就走着过去看看。一条条狭窄的街道,一排排整齐的瓦房。每条街道连着十来个院门,每个院子有四间北屋,一个院落租住着两户人家,院子南面的两间小屋是两户人家共用的厨房和厕所。老孙一家三口就曾经居住在这样的环境里。再次来到这里,还是曾经熟悉的场景,但已经没有了人烟。每个街道口都用一堆土堵住了,那些平房院落冷冷清清,没有人居住,看样子这些房子很快要拆除了。

在和老孙散伙后,我又干了几个工程。依着我既没本事又万事不想求人的性格,想揽到工程是不可能的,这几个工程都是亲戚朋友帮忙给接下来的。一生有三五个真心相待的挚友是人生的幸事。干工程之外的时间大部分是无所事事。人一闲,有人就会跟着着急。光这样闲着也不是个事,大姐帮忙联系了一所学校,就这样在二零零八年五月,我彻底放弃了装修工程的施工,来到学校当上了一名水泵房的值班员。又因为我有电工证,在三个月后又被单位紧急调到了缺人的配电室,当上了一名配电运行工。

在这里,可以和这部回忆录的开篇接上了。可我前面内容提到的人生遗憾是什么呢?是那个没有任何用途的大学结业证。有一天,我从山东理工大学继续教育学院门口经过,看到门口的信息栏里贴着该学院招生的广告。想弥补大学时代遗憾的念头被点燃,脑子一热就报了名。可报上了名也犯了难,已经十多年没有接触高中知识了,怎么能通过成人高考呢?负责报名的老师说:你别着急,学校给你们安排免费的高考培训班。每天晚上学习,期限一个月。哎,学校想的还真周到。

晚上开始去学校安排的教室里听课,在语文课上还出现了大眼瞪小眼的一幕,原来讲语文课的老师是那个在张店四中拿媳妇来要挟请客的老同学。课间休息时,和老同学聊了聊天。老同学工作挺充实,在学校教课之余,还作为优秀教学老师被学校安排去高青县支教,老同学的人生比我有意义的多。

一个多月后的九月,两天的成人高考开始,考试很顺利,成绩也很醒目,一百分为满分的数学考了九十五分,总分超出录取线几十分,顺利考上了山东理工大学的继续教育学院。

在选择要学习的专业和学校时,我又一次犯了选择性错误。因为在创建博客时,电脑方面的知识太少被小花教育的原因,我报考的是山东理工大学继续教育学院的计算机专业。结果是两年半后,我不过又多了一张没有用途的毕业证而已。现在回想,当时应该报考一所医学类院校的

三 波澜

药学专业。在拿到毕业证后，在此基础上再考一个药师证，这样就可以到药店里当药师，不致于像今天一样面临着可能失业的困局。不管怎么说，当时能考上大学，弥补了青年时代的遗憾，还是件让我高兴的事。

二零一零年春节过后，开学了。学校只在寒暑假让老师教课和考试，平时全靠自学。我也出其不意的还混了个计算机专业班的班长。当班长的原因有三个：一是人数太少，计算机班只有四个人。二是年龄，四个人中数我年龄大。三是只有我曾经上了大学，提前学过一些专业的大学知识，特别是高等数学。后来学习的高等数学，让这些接受成人教育的许多学生不知所云，而我却听得津津有味。在大部分学生昏昏欲睡的高等数学课上，数学老师在辛勤地讲课，我一举手："老师，你那里写错了。"老师仔细一看，哎，还真是写错了。数学老师指着我说："同学，我记住你了。"老师果然记住我了，百分制的高等数学考试，我又考了个九十五分。三个师弟师妹在我的帮助下也全部一次性通过了数学考试，我则在师弟师妹的帮助下完成了计算机科目的考试。两年半的时间很快过去，二零一二年夏天我顺利毕业，终于完成了一桩久久未了的心愿。虽然不过是又得到了一张无用的"硬纸壳"，但在当时心里还是乐开了花。

我们还是把小花拎出去不谈，继续我的人生历程。我在学校的配电室待了八年。负责配电室工作的申师傅曾经在企业工作，电工经验丰富，为人豁达。在他的管理下，配电室的工作轻松且有序。每天的主要工作是，两小时抄一遍相关电路的各种数据，排查异常的配电现象，保障供电正常。当遇到我无法排除的故障时，申师傅会手把手地教我处理。晚上十点最后一次抄表后，在配电室的休息室睡觉休息，第二天早上六点再开始抄表，八点和来接班的其他运行工交接班。上二十四小时的班，休二十四小时。后来在供电局的干预下增加了一名运行工，变成了休四十八小时。这个工作对我这个患有严重腰突症的人还是很适合的，几乎不用从事重体力活。但是也有不适合的地方，上班的这一天晚上需要在配电室里值班，晚上供电设备如有异常需要起来处理，所以值班时的休息是不能踏踏实实地睡觉的。配电室里还有噪音，变压器会发出"嗡嗡"的恒定低频声音，特别是晚上夜深人静的时候，噪音会越发得明显。我的神经衰弱也挺严重，睡眠质量本来就不好，对噪音很敏感。噪音的问题也对我造成了很大的困扰，却无法解决，除非换一个工作，我开始向往白天上班的工作了。

二零一六年五月一日，在周强、魏芳等热心高中同学

三 波澜

的策划下,我们张店四中八九级同学聚会成功举行,几乎所有的高中同学都参加了这次聚会。我虽然穿了一件非常漂亮的花衬衫,但在面容上却比大部分的同学衰老了近十岁。二零一四年大女儿上高中,二姑娘刚出生。早上五点半要起床给上早自习的大女儿做早饭,晚上十点多再去学校接晚自习结束的大女儿回家,晚上还要照顾二姑娘。三年辛苦加三年辛苦地叠加,让我的容貌在三年内从四十岁直接跨越到了五十多岁。所以在参加这次同学聚会时,我带着一脸的疲惫和衰老面容。

二姑娘幼儿园同班小伙伴里有一个姓马的小男孩,孩子的奶奶和老妈是关系很好的老乡。小男孩聪明且有礼貌,一见我就热情地打招呼:"爷爷好!"孩子的奶奶赶紧给他纠正:"怎么叫爷爷呢?叫大爷!"小男孩再对着我的脸确认一番后,又叫道:"大爷好!"估计孩子的心里是这样想的:这明明就是个爷爷嘛!可又让奶奶逼着不得已叫大爷,我的年龄和容貌给孩子造成了认知上的困扰。对于二姑娘的同龄小朋友来说,二姑娘的爸爸是爷爷。对于二姑娘来说,同龄小朋友的爸爸是大哥哥,甚至大哥哥都算不上,二姑娘最大的大表哥已经五十岁了。

今年春天我和三老去爬山,三老指老妈、老婆和二姑娘。在风景区的入口处有一个小伙子卖棉花糖,二姑娘想吃,我掏钱给她买了一个。小伙子一边把棉花糖递给二姑娘,一边对她说:"你爷爷真好,还给你买棉花糖。"二姑娘眨了眨眼,没吭声。一旁的老妈哈哈地笑了起来。小伙子恍然大悟,又对二姑娘说道:"奥,搞错了,不是你爷爷,是你姥爷呀。"这下老妈和老婆更乐了。二姑娘还是眨眨眼,不吭声。等走出老远,一直不说话的二姑娘来了一句:"他说啥呢,我爷爷和姥爷又没来。"

二零一六年九月,把大女儿送去上大学后,我在高中一位师兄的帮助下,从配电室来到了学校饮食服务中心管理的浴室。管食堂的饮食服务中心还管理澡堂子,这算是职能管理划分不清吧。介绍一下我现在工作的第二浴室,第二浴室建筑面积两千多平方米,上下两层,一楼男浴室,二楼女浴室。作为一所理工科学校,男生洗澡量比女生多很多。正常一般每天男生洗澡人数在三四千,新生开学或寒暑假快放假时达到六七千。我值班时曾经经历过恐怖的一天,共有一万多名男生洗澡,那天男澡堂拥挤到像当年的火车车厢。虽然我的工作名称是浴室管理员,但管理方面的工作并不多,主要是浴室的卫生清理工作,所以叫澡堂卫生工更加合适。从来到饮食服务中心那天起到现在,我一直在第二浴室工作。二零一九年初,学校后勤进行了一场改革,第二浴室被一南方企业承包了,这也预示

三 波澜

着又一次对我的人生有重大影响的选择要开始了。

在以上叙述我的人生经历时,描述得既轻松又幽默,但一路走来的真实感受却是艰辛疲惫和快乐满足的复杂情感交织。简述了我过往的人生历程,是要告诉朋友们什么呢?是人生苦短吗?不是,人生苦楚时反而会觉得非常漫长,反倒是人生平顺了才会觉得人生短暂。就像两段相同距离的公路,一辆性能优越的豪车飞奔在高速公路上,很快就能到达终点。而一辆时常熄火抛锚的破车,走的还是崎岖不平的山路,那到达终点的时间就很难熬了。人生是一段从有到无的历程,历程中会发生很多的事情,有好事也有坏事,有快乐也有痛苦。快乐时可以手舞足蹈,痛苦时可以痛哭流涕,愤怒时可以高声叫骂,幸福时可以温柔体恤。所以嘛,人生不易,好好生活。

看我上面写的人生历程,时间点明确,条理清晰,我的记忆力挺好嘛。其实我的记忆力很差,我从初中开始患有严重的神经衰弱,患有神经衰弱的人是不会有很好的记忆力的。我的记忆力差到啥程度呢?举个例子,前不久,学校后勤处处长领着一帮下属官员来参观刚装修好的第二浴室。而负责管理第二浴室的小梁,因为同时负责浴室维修去别处干活去了,一群学校官员被晾在了浴室门口。这时一名能源管理中心的副主任进了男浴,问我管理第二浴室的人叫什么名字,作为浴室管理员的我自然对小梁的名字了然于胸,但是让这个副主任突然一问,我竟然怎么也记不起小梁的名字,赶紧掏出手机翻电话簿。强刺激可以增强我的记忆,二零一八年秋天,我那三年一复审的电工证到期了,这时候我已在浴室工作了两年,完全脱离了电工的工作。在审查部门组织下,强制性的学习了两天后,我们这一批一百多名老电工开始了电工证复审的考试。这次满分一百分的考试我考了九十八分,而参加这次考试的电工只有百分之六十多考试合格。但是强刺激也不是绝对能够记住,我的记忆有随机性,人生中有些很重要的事情不一定能记住,但有些不起眼的小事反而是过目不忘了。对于上述我记录的人生历程,脑海中相关的记忆很多都打上了马赛克。要想完整的呈现这些记忆,除了绞尽脑汁地去想,还要靠想象来补充和加工。想象力一加入,那人生回忆的真实度就降低了。所以,我的回忆录更在于呈现给朋友们一段精彩好看的人生经历。

四 告別

重新回到我和小花的故事里来,二零零九年秋,当我准备又要上大学时,小花那边也传来了好消息,她主演的首部影视剧终于拍摄完成了,全体剧组人员盛装出席了该影视剧的首映式。小花打扮得像清朝格格那样头顶着一朵大红的牡丹花就出场了。结果被我一顿批评审美差。小花还不觉得:"很难看吗?那是小美专门为我设计的呢。"小美,一娱乐节目主持人。我说呢,娱乐节目主持人的趣味果然不一般,小花的这个打扮咋看都感觉是让小美给恶搞了一把,谁让小花单纯无邪呢。

在一次和小花的交谈中,我告诉小花我的身体状况不太好。其实不止是不太好,真实的身体状况是挺差。从之前我叙述的人生历程中大家对我的健康状况有所了解,但了解的不是全部,下面说一说我真实的身体状况。在我很小的时候,曾经长时间地住过两次医院,听老妈说是因为得了肝炎和肺炎。但我对这两次住院的印象仅仅是,黑夜笼罩的医院里,昏暗的灯光下一条长长的小路。其余知道的都是来自老妈和二姐的讲述。因为住院都是在父亲工作单位附属的铝厂职工医院,医院的一些医生和护士熟悉地称呼我为"大眼睛的黑小子"。打吊瓶的时间一长,心烦了就让护士阿姨拔了针,把吊瓶里的药水喝掉。打吊瓶还有喝药水这种神操作?真有,这是我的亲身经历。二姐曾有一次因生病和我一起住院，但二姐对于我俩住院时的回忆过于吓人，内容堪比恐怖大片，在此不做表述。

　　从我的小时候，腹痛、腹泻、牙疼、鼻塞、浓鼻涕、流鼻血是我儿时记忆里的常客。腹痛拉肚子的原因是慢性肠炎和十二指肠溃疡。鼻塞流鼻涕来自于鼻炎鼻窦炎。到了我上初中的时候，因为鼻炎的原因又引发了神经衰弱、耳鸣和咽炎。我的鼻炎症状甚至给我的小学同桌造成了少年时的心理阴影。前几年，一次在过春节时，在对门张哥家里偶然遇到了我小学的同桌，同桌是对门伊嫂的朋友和前同事。和她畅谈小学时的记忆时，她说我把鼻涕抹得课桌板凳上到处都是，让她感到十分恶心，搞不明白我哪来的那么多鼻涕。我只好尴尬的解释，其实我更不想那样把鼻涕乱抹，可鼻涕像春水一样不停地流淌，两个袖子上都擦满了，我也只能是通过到处涂抹来解决问题了。儿时的不愉快化做成年的笑料，不过还真得抽时间请同桌撮一顿来弥补同桌的心理阴影。那么从上到下梳理一遍我身体上的伤病吧，神经衰弱，偏头痛，鼻炎，鼻窦炎，咽炎，蛀牙，右眼视力重影，耳鸣，颈椎病，肩周炎，十二指肠溃疡，慢性肠炎，胸椎骨折，腰间盘突出症，膝关节半月板损伤。有这么多的伤病为什么不去医院治疗？除了医院无法治愈的疾病外，其余的是治疗之后的后遗症。当身体健康的同学朋友在通过努力学习、勤奋工作来实现人生理想,到达惬意的顶峰时,我的大部分精力却被伤病消耗掉,成绩、工作、事业、理想对我来讲都无从谈起。对于我这样一种身体状况,小花也感到很无奈,一声叹息加一句"好好保重。"

从现在起我和小花的故事由之前的我说小花的谈话类节目,改版为我和朋友们问小花回答的问答类节目,这样省略了一些不痛不痒、无关紧要的无聊问题,保留了朋友们关心关注的精华问题。节目的改版也意味着这本回忆录进入了尾声,因为从二零一零年起,小花的演艺事业进入了快速上升通道,演影视剧就已经忙得首尾不顾,根本没有多少时间陪我来闲聊。我问:"小花女士,请回答。"哦,还是别这样俗套,还是叙事式问答吧。

我从来没有见过小花一面,也从来没有和小花视频过,怎么知道菱角一定就是小花呢?现在的网络聊天可不靠谱,和你聊天的人自称是美若天仙的青春少女,但真人或许是一个巨丑无比的抠脚大汉。甚至于和你聊天的都不一定是真人,而是一款聊天软件而已。我其实只是一厢情愿地相信菱角是小花,没有任何证据来证明菱角真的是小花。直到二零一四年,小花在接受一家媒体采访时说了一番话,这时我才知道菱角没有对我说谎,她真的是小花。

大家最想知道的问题应该是谁在捧红小花,小花成为明星的各种传言今天依然存在。我在此解密,小花没有对媒体撒谎,她之所以能成为明星,的确是因为她当时的男友不遗余力地帮助她。小花曾经告诉我,她一开始并没有要当演员的想法,一心陶醉在舞蹈的世界里。是她的男友执着地让她进入了演艺圈,而她的男友是个非常有能力的人。不过我不知道小花男友叫什么名字,我没有问过小花,我是真的不知道,没有对大家隐瞒。可惜的是,这个努力帮助小花的男友还是成为了前男友。在一个花开的季节,小花通过媒体高调地公开了自己的新恋情,意味着小花和那个在演艺事业给予其很多帮助的男友的多年爱恋无疾而终,有情人终未成眷属,这让我为小花感到惋惜和遗憾。而小花和新男友的恋情也仅仅维持了短暂的一年多,结果同样以分手而结束。作为一个女人,小花已经不再年轻,人生最美好的年华也即将过去,祝愿小花早日找到那个陪她白头到老的人生伴侣。

二零零九年,有一部影片在全国引起了很大的轰动,轰动的原因不是影片的剧情有多么精彩,也不是参演的众多明星表演得有多么逼真,而是那些扮演历史人物的影星们的外国国籍。这也引发了民众对既得利益者爱不爱国的争议。我问小花,如果以后她也成为了著名的影视明

四 告别

星,会不会和那些明星一样去更换自己现在的国籍。小花告诉我,即使以后她若真的成为了明星,她也不会随随便便地去加入外国国籍,因为她热爱中国,热爱这片生她养她的热土,热爱这片土地上善良淳朴的父老乡亲。虽然我不太认同把外国国籍和不爱国划等号,但对小花这位小女子的爱国情怀还是由衷地佩服和称赞的。

从二零一零年起,小花的演艺事业开始步入正轨,参演了多部由知名导演担任导演、由著名影星担任主角、场景恢宏的影视剧,小花的演艺事业步入了坦途。出于工作的需要,也到了和我告别的时候。小花和我道别,对于在网络上认识我这个朋友感到高兴。我也祝福小花事业顺利,开心幸福。在菱角的博客里,小花给我留下了一篇名字叫《梦女孩》的文章,《梦女孩》记录了小花青春时代的情感和梦想。在这本回忆录的开篇,我说过小花在文学方面富有才华,小花也曾经说起过,她的高考作文得了满分,在高考中作文能得满分是很难的,满分作文足以证明小花在文学上的优秀。这也从侧面说明了小花为什么对我那些胡编硬凑的诗篇不屑于评论。如果把《梦女孩》看成是小花的一部作品,那么《梦女孩》就是至今为止小花所有作品中最为优秀的作品,无能出其右,因为《梦女孩》是小花在才华上无所束缚的自由发挥和在情感上真情流露来演绎的作品。

　　小花青春时代的梦想是什么呢？是成为大红大紫的影视明星吗？在小花的演艺事业步入坦途后，小花曾经说过，希望自己一直走在追梦的路上。依我的理解，这时候小花所说追寻的梦想应该和小花之前所说的人生追求有关。在影视圈摸爬滚打了多年后，小花终于打算要把演员作为终身职业，把当一名好演员作为她人生的追求。小花在微博里所说的要追求的梦想，应该是努力做一名好演员的人生追求了。如小花曾经对我说过的，博客也不是自由的，同样不是能畅所欲言的地方。依我对小花的了解，青春时代的梦想依然是小花梦境中充满期待的希望。那么小花青春时代的梦想到底是怎样的呢？我估计答案公开时会出乎所有人的预料。

　　至于我的人生，曾经接受过亲朋好友的关照，也面对过尔虞我诈，也有过促膝长谈，坦诚相待。拖着一个伤病缠身的躯体，在人生路上执着前行。昂起头，依然是洁白的云朵和蔚蓝的天空。

　　至此这部回忆录结束，后面的内容是诗歌集《那年花开》。人生如梦，欢乐就好。

作品完成于 2019 年 11 月

诗　集

那年花开

枫树花开

枫树花开十里香,

阳春柳绿蜂繁忙。

只识红叶不识果,

笑问豆荚长树上。

野　菊

我知道你的坚强,

在寒风中怒放。

我知道你的任性,

不屈和张狂。

任何贫瘠的土地,

都会成为你的原野。

每块裸露的石头,

都会在绿叶下隐藏。

月圆吹响的号角,

遍地黄花，

是生命的飞扬。

云

你到底是为了什么？

不断变换形状。

你到底想要怎样？

才会停止流浪。

是为了爱不停的走吗？

还是不让爱再次受伤。

离开大海的茫茫，

来到高山的苍苍。

忍不住眼中的泪水，

飘飘洒在鲜花上。

花儿小草仰起脸，

看到了你的忧伤。

目送你又去飘荡，

直至淡然的消亡。

孤 单

网络是现实的翻版,

欲望中权利和金钱。

我如此孤单,

胡杨树矗立在沙漠边缘。

不忍希望的旱,

等不来心灵的泉。

国 槐

盛夏林上雪,

皑皑似隆冬。

雨打花满地,

碧蕾一壶春。

夜 舞

收起白天的矜持,

放下一日的劳累。

当舞曲再次响起,

来吧,

绽放暗夜的妩媚。

踏着愉快的节拍,

眨动双眼的暧昧。
轻搂柔弱的腰肢,
托起手中的花蕾。
恰恰恰,
MY BABY。
曲终人散时,
黑夜弥漫着
诱人的滋味。

菱角的心事

菱角有心事吗?
不必思虑太多。
尘世如天上浮云,
今事终成明过。
人间花开花谢,
大海潮起潮落。
坚守理想信念,
努力去拼搏。

含羞草

小小含羞草,

一年一度春。

怀情深似海,

羞怯不见人。

秋 叶

秋叶从空中飘落,

一片片堆积起来,

变成了岁月的书,

记载过去的一切。

岁岁,

年年,

叶黄了,

人老去,

只剩下,

洁白的云朵,

蔚蓝的天。

七 夕

年年七夕不见月，

云遮雨沥漫银河。

葡萄藤下听恋曲，

牛郎织女是传说。

往 事

你是否记得，

年少的轻狂。

你是否记得，

曾经的爱情。

你是否记得，

每天的风起云涌。

你是否记得，

每年的花开花落。

有些事情，

我们不想记起。

有些故事，

还想努力回忆。

其实，

记不记得，

都没有关系,
往事,
如雪地上我们的足迹。

流　苏

阳春白雪润姑苏,
风起飞扬寒气无。
皆道五月花开日,
严冬绿是常青树。

乡　老

友来煮青菊,
坐卧梧桐下。
恬然不知羞,
与童笑嘻哈。
老妪蹒跚来,
嗔骂不为尊。
本是乡野客,
何必正衣襟。
家雀落席边,
蹦跳喳喳欢。

吾辈皆老矣,

风云尘世间。

爱情长廊

朋友,你来过山东理工大学吗?

这儿的校园里有一条葡萄藤长廊。

葡萄树枝繁叶茂,

碧绿的树叶遮挡住阳光。

粗大的枝干整齐排列,

连接成一条爱情的长廊。

葡萄藤长廊是谈情说爱的地方,

长廊下的人们都是成对成双。

恋人们相依相偎,

喃喃私语是爱的释放。

朋友,你到过山东理工大学吗?

来校园里看看那条爱情长廊。

来时一定要记得,

让相爱的人在身旁。

狗尾巴草

不知道什么是贫瘠，

只需要一捏泥土，

让我生根发芽。

探出嫩嫩的脑瓜，

盼望早一天长大。

终于开出不好看的花，

让孩子们喜乐玩耍。

我是一棵狗尾巴草，

连成片一样是天大地大。

感　动

细细的文字，

把神经深深刺痛。

难忍眼中的泪水，

心灵涌起感动。

爱是何等了得，

让人们变成痴庸。

当感动再次来临，

泪水任性的浪涌。

只因我们善良,
才会拥有感动。

夜　雨

隐珠潜入夜,
千里声沙沙。
帘幕扫风尘,
天凉人静心。

流　浪

暖暖的朝阳照在身上,
重新背起破旧的行囊。
熄灭将要燃尽的篝火,
走在继续流浪的路上。
曾经踌躇是否流浪,
坚定的信念一度彷徨。
野雁指引前行的方向,
奔跑的欲望无法阻挡。
天尽头是血红的夕阳,
秋日的空气清清爽爽。
人生之路曲折漫长,

每个人的始终都会一样。

荷

鱼游虾跃青杆间,

蜻蜓戏水绿无边。

小荷才露尖尖角,

仲夏粉黛碧连天。

珠玑晶莹洗净尘,

举蓬颗颗皆有心。

美玉佳人出水日,

藕断丝连情意真。

青青菱角

青青菱角,出水为萍。

香水怡人,花开无形。

青青菱角,文文静静。

藤叶蔓蔓,鱼醉光影。

青青菱角,碧水之灵。

河泊为家,波澜不惊。

青青菱角,心宽体盈。

水波荡漾,菱角青青。

花开花落的思念

松 与 花

低矮的山丘森林片片，

升腾的薄雾萦绕其间。

茁壮的树木肩并着肩，

呵护着脚下花儿的娇艳。

苍松衰老得没有了树叶，

花儿迎着阳光绽放笑脸。

高大与弱小的努力都是坚强，

一起携手度过漫漫冬天。

为什么要下雨呀

为什么要下雨呀？

草儿已经枯干。

为什么要下雨呀？

花儿不再新鲜。

为什么要下雨呀？

小鸟嘶哑的叫喊。

为什么要下雨呀？

没有雨水的大地只有旱。

为什么要下雨呀？

让小雨亲吻你的脸。

为什么要下雨呀?

让雨滴滋润你的眼。

为什么要下雨呀?

天使趁雨夜降临人间。

为什么要下雨呀?

菱角喜欢下雨天。

叶

曾经娇嫩,

也曾美如花。

展身躯,

在阳光下长大。

夏日里,

是浓浓的绿,

密密的荫。

微风吹,

快乐地摇摆与喧哗。

普通中,

体现着平凡的伟大。

秋霜临,

绚烂满山谷。

冰雪至，

重属于大地妈妈。

子 归

英花落，

雁南飞，

慈母盼儿归。

衰草黄，

人颓废，

想把故乡回。

意执着，

步蹒跚，

故土路迢迢。

登山丘，

极目望，

面目已全非。

梦

昨夜一场梦，

你我两相拥。

相合又相离,

泪流到天明。

温香犹忆在,

恍惚惧梦醒。

聚散人间事,

虚幻真实中。

玉龙河里有鱼虫

玉龙河,河玉龙,

焦绿的河水像明镜。

咋还像明镜呢?

河里啥都木有哇。

啥都木有?

NO,NO,NO,

玉龙河里有鱼虫。

东一群来西一窝,

鱼虫鱼虫实在多。

大家都来捞鱼虫,

拿回家去喂小鱼,

小鱼滋得扑楞楞。

玉龙河,河玉龙,

玉龙河里有鱼虫。

花开花落的思念

紫罗兰

紫罗兰盛开在黎明,

学子们在晨曦里朗诵。

紫花蕾一串一串,

重叠成春天的时钟。

紫罗兰爬上藤架,

沐浴着阳光的夏天。

招摇着绚烂的色彩,

陶醉在芳香的依恋。

槐 花

云落枝头雪满川,

香飘千里招蜂欢。

子牙故里寻芳处,

孩童采花皆笑颜。

沙

本是粗犷石头,

风雨溶成细盐。

依偎大海身边,

变成洁白的滩。

注定与水的缘分,

才有温柔的一面。
来到干旱大地,
满目无边砾碱。
心灵一旦狂暴,
肆掠沃土家园。
有益还是有害,
无关沙的尊严。

重

当雪花再一次飘满大地,
当春风又一次回归故里,
我耐心等待着,
你重新回到我的记忆。
故土是那般魂牵梦系,
离去了归途仍遥遥无期。
回头望故乡越来越远,
故乡的你泪眼扑簌迷离。
当夏雨再一次瓢泼而至,
当天空又飘下绵绵细雨,
我张开双臂,
等你扑进我的怀抱里。

白玉兰

白鸟聚集在枯枝上,
轻轻展开美丽的翅膀。
没有叽叽喳喳的交谈,
只在静静的张望。
寒冷的风阵阵吹起,
冰凉的雨从天而降。
白鸟没有展翅飞翔,
疑问是路人的迷茫。
鸟儿在等待什么?
等待春天号角的吹响。

花瓣雨

花瓣雨,是花儿的忧伤。
花瓣雨,是果实的希望。
花瓣雨,是春天的离去。
花瓣雨,是美丽的畅想。
花瓣雨,在风中飞扬。
春风里,弥漫着花香。
花香中,有情人相拥。
依恋着,萌芽静静生长。

同 学 恋

初夜月揽双星，

天际青鱼游动。

花枝随风招展，

树叶瑟瑟飘零。

夜色渐行渐深，

同学凭栏而拥。

相依相伴相吻，

欲望蠢蠢欲动。

角落娇声西索，

黑影成双出没。

别离劳燕分飞，

一场风花雪月。

月 季

迎接着每一个季节，

盛开在每一个月。

为每一个爱情盛装，

燃烧每个人的心结。

月季花摇曳在路旁，

恋人们依偎在石凳上。

私语让花儿都听不清，

旋律随芳香奏响。

爱情像花儿一样,

不停的发芽,抽枝,生长。

柳　枝

悠悠柳枝,如我情丝。

飘飘荡荡,倾诉衷肠。

汝坐河岸,豁然心往。

望汝远去,神牵梦想。

知汝披红,魂魄消亡。

爱汝不诉,悔恨永长。

悠悠柳丝,如织情网。

飘飘洒洒,爱情黄粱。

灰 喜 鹊

灰喜鹊跳跃在树丛间,

唧唧喳是鹊儿的呢喃。

不要向远方眺望,

不小心会变成生猛大餐。

人们把喜鹊叫报喜鸟,

可灰喜鹊常向人类挑战。

孩童被啄得哇哇大哭，
宠物狗也落荒逃窜。
这都是为了什么，
树杈的鸟巢中有一颗蛋。

晚　春

家童盼燕归，
天寒北风吹。
立春春不至，
雪落蛰虫睡。

樱

粉红疑似桃花开，
彩云朵朵枝头埋。
丛簇摇曳香无迹，
落英纷纷丽人来。

兰

幽香何处生，
寻觅溪湖畔。
水岸杂草丛，
娇落翠叶边。

喜 鹊

自古鹊成双,

黑白配相量。

啼音心中喜,

枝头花俏放。

裙

长裙飘呀飘,

飘进年少思情的梦中。

长裙荡呀荡,

荡入春心美丽的怀抱。

长裙垂呀垂,

垂得蝴蝶随风起舞。

长裙美呀美,

美得少年奔跑追逐。

长裙甩呀甩,

甩得夏天快要没有了。

长裙洗呀洗,

洗得女人剩下蹒跚的老。

地 衣 草

因为我不长高,

因为我很渺小,

我扮绿大地,

所以我叫地衣草。

我小却很美丽,

红红的枝绿绿的衣,

白白的花让人迷离。

花儿小得像沙粒,

伙伴只有小蚂蚁。

我渺小,

我美丽,

我是大地的珍爱,

我的名字叫地衣。

冬 雨

数九寒冬的第一天,

天空飘落起温暖的雨滴。

灰蒙蒙是我心界的颜色,

洁白的雪花融化在心里。

好久没有你的消息,

最后的话语是谢谢你。

从此后的销声匿迹,

无言的告诉我,

重逢是遥遥无期。

看着你忙着飞来飞去,

远方有你匆匆的足迹。

灿烂的笑容是欢乐的源泉,

欣慰中忐忑的牵挂着你。

依然幻想你能归来,

那天是否会在花开的春季。

你是一颗璀璨的星星,

终将升起在蔚蓝的天际。

太阳雪

在蓝天下飘洒,

在阳光里溶化。

让大地滋润,

让树木发芽。

矛盾也能完美结合,

天空中盛开洁白的花。

腊　梅

梅花一枝春风至，

豆黄星星百树开。

残雪犹有留恋意，

怎奈游人纷沓来。

蟹爪莲

千足百爪碧玉真，

殷红娇媚诱人心。

铠甲解去寒风起，

红灯挂处春雨临。

夜　灯

迷离的夜灯，

指引前行的方向。

昏暗的夜灯，

点燃回家的渴望。

萤火的夜灯，

映出期盼的身影。

前行前行，

不顾脚下的泥泞。

天边的夜灯，

思念回归的光明。

白云山

像逐日的夸父，

不停的迈步。

太阳已渐渐，

落在山峦之雾。

数载的远望，

属于白云的归宿。

白云已远去，

遗留青葱的树木。

不醒的深眠，

醉卧白云山麓。

喇叭花

那般高贵的娇艳，

朱红碎花的裙边。

展示给关怀的太阳，

盛开在炎热的夏天。

为了谁焦急的呼喊，

绽放娇媚的笑脸。

无惧枯树红墙,

点缀生机盎然。

绿叶花开串串,

寂寞随风招展。

水 果

对你的思念,

无际弥漫,

软弱的心灵,

仍隐匿的依恋。

囚禁在思念,

一点点泡软。

生了根,

发了芽,

开了花,

结了果。

甜甜的果实,

叫心愿。

逃

以为逃远就好,

逃到天涯海角,

却依然听到犀利号角。

不再信旦旦誓言,

再信任还是欺骗。

努力一定要坚韧,

自由奔跑在人间。

逃不掉,

还是想逃之夭夭。

大地广阔,

江海浩渺,

前方的路不再迢迢。

生 活

你以为生活会是什么?

生活就是以苦为乐,

还要经常忆苦思甜。

往咖啡里加一块糖,

闭上眼回味醇香。

你以为生活会是什么?

就是把未来想成喜乐年华，

为理想去劳累的工作。

心灵滴血却哈哈大笑，

九霄云外是麻木苦涩。

你以为生活会是什么？

生活就是相濡以沫，

洗碗刷锅扫地抹桌。

简单枯燥罗哩罗嗦，

倒一杯水解你梦中的渴。

一缕阳光

一缕阳光，

照在树上。

随风浮动，

欢乐歌唱。

鸟儿掠影，

绿叶的梳妆。

黄花灿烂，

斑驳的向往。

一缕阳光，

照在地上。

风儿轻轻，
白云飞扬。

丝　瓜

爬呀爬，
盛开黄色的花。
蛐蛐叫，
只因迷恋它。
细细藤，
纤纤而坚韧的爪。
花谢去，
结出粗糙的瓜。
不畏高，
有阳光才有新芽。
贪的心，
菜汤里没有高雅。

酒　家

我本列仙班，
奈何落人间。
终得神圣物，
逍遥伴狂癫。

麻　雀

屋檐下是我的家，

喜欢草丛中美丽的花。

都说我五脏俱全，

浓缩的都是精华。

我的个头很小，

我的嗓门很大。

我爱喧哗，

我爱叽叽喳。

跳跃着四处张望，

警觉着你的狡猾。

春天里的毛毛虫

没有炫目的色彩，

没有醉人的花香，

没有惊声的尖叫，

校园里爬满了毛毛虫。

毛毛虫随风蠕动，

毛毛虫飞舞在天空。

抬头望一排排白杨树，

原来是细心呵护的娇宠。

在春天的脚步里，

既有姹紫嫣红花烂漫，
也有杨花柳絮白如雪，
还有那风中起舞的毛毛虫。

菩 提

原本生南国，

碧叶映白雪。

菩提花开日，

佛祖莲中坐。

猫

懒懒地睁开双眸，
眼中泛着无神的迷茫。
懒懒地听着蝉鸣，
懒懒地趴着路牙石上。
懒懒地看着小黄长大，
还是那般的可爱呆傻。
喝一口美味的鸡汤，
咀嚼着小黄的精华。
懒懒地度着夏日，
懒懒的雨滴飘洒。
懒懒地眯起眼睛，

用舌头舔舔发痒的牙。

脖子上那根结实的项链，

注定了懒懒的生涯。

那年花开

记得那年花开季，

英花满山谷。

蝶飞蜂舞意忘归，

花香犹留驻。

又逢今年花开日，

黄花满山麓。

蝶飞蜂舞仍忘归，

青春难留驻。

遥想他年花开时，

英花满山谷。

蝶飞蜂舞无意回，

人已迟年暮。